Tanya Perskaya

Ute i det fria
och
Bakom lyckta dörrar

Roman

Editions TPW Stockholm 2017

Ute i det fria

och

Bakom lyckta dörrar

1

Japanese Garden

Japanese Garden

Hemma bra men borta bäst!

Det är vår femte dag här i Aqaba. Sida vid sida sitter vi på våra frottéhanddukar, Marje och jag, omgivna av sand. Marjes handduk är smal, kort, blekblå och urtvättad. Min är stor, knallröd med en stor svart häst och svartvita schackrutor – Ferrari! Nya handdukar har blivit viktigt för mig de senaste åren.

Mina årliga resor har ökat drastiskt i antal. Och överallt köper jag handdukar. Det låter kanske tokigt, men en badhandduk tar faktiskt en betydande plats i resväskan. Det är vettigare att köpa en när man kommit fram. Jag badar alltid under resans sista dag. På så sätt kan jag bära hem havet. Min handduk är alltid våt när jag sätter mig på planet, och jag brukar packa den i handbagaget istället för resväskan. En handduk inköpt i utlandet fungerar som en påminnelse om mina långa färder till fjärran länder under de perioder jag inte reser. Det är mycket stimulerande och jag trivs med känslan.

I mitt linneskåp finns en handduk från Azorerna, en från Hurghada i Egypten, en från Jordanien, en från Malta, en från Kreta och så vidare. Den handduk jag sitter på just nu kommer från Sardinien. Jag är stolt över min handduk och jag skäms för Marjes. Med blickarna riktade mot havet och händerna om våra bara knän beundrar vi Röda Havets odefinierbara färg. Det blåser kraftigt där vi sitter på stranden. Jag får en stark lust att dra på mina fenor och snorkel för att bege mig iväg på undervattensäventyr och slippa blåsten.

Det faktum att jag skäms för Marjes handduk har sina skäl. Jag befinner mig i ett nytt livsskede, och är utled på min gamla röriga tillvaro och de urlakade prylarna. Jag vill ha en helt fräsch start som bygger på och utstrålar ordning, struktur och precision. Marjes handduk, liksom en hel del annat runtom henne, går mig på nerverna.

Det håller mig tillbaka, låser in mig i det förgångna. Det känns inte längre fritt. Saker som har varit med länge bär med sig så mycket historia. De sänder ut gamla energier som inte längre är aktuella. Och jag vill susa fram utan att hållas tillbaka. Dessa energier tar den kraft som jag behöver för att kunna ta sats.

Insikten att de gamla energierna faktiskt inte är mina utan Marjes, hjälper föga. Varför inte? För att jag tycker om Marje, identifierar mig med henne. Identifikationen gör hennes saker till mina saker. Det gör mig rent av desperat. Jag vet att det är en överdriven reaktion, men jag känner just så, det kan inte hjälpas. Ska jag kanske ge henne en ny handduk i present? Men det räcker ju inte med bara handduken. Där finns så mycket annat som är urblekt, dessvärre.

Det är januari. Hemma är det minus fjorton och snön faller oavbrutet. Här är det också vinter, fast plus tjugo i luften och tjugotvå i havet. Det är glest med folk på stranden. En stor jordansk familj sitter ett stycke bakom oss: en medelålders man, flera yngre kvinnor och åtta barn i olika åldrar. En av flickorna i sällskapet vinkar till mig och jag vinkar tillbaka. Nu har jag förflyttat mig ner till strandkanten och förbereder mig för snorklingen genom att ihärdigt spotta i min dykarmask. Jag är torr i munnen.

8

En man avtecknar sig vid min vänstra sida. Han talar mycket vänligt och erbjuder sig att följa med i havet och guida mig runt i akvarievärlden. Jag undviker att se åt hans håll men svarar med ett "Thank you, but no thank you". Han ger dock inte upp i första taget. Jag säger att jag redan är bekant med terrängen och att jag har snorklat här förr. Men han vill inte höra på det örat och jag börjar bli otålig.

Jag vet redan vart det leder om han följer med. Först kommer han att insistera på att hålla min hand, sedan kommer han att tafsa på mig under vattnet. När vi är tillbaka på stranden kommer han att förvänta sig ett litet arvode, för att därefter erbjuda sig att organisera hela min vistelse under återstoden av semestern. Jag orkar bara inte med sådant och börjar låta något irriterad. Jag har varit med om det förr.

Marje iakttar oss från sin handduk. Hon lyssnar uppmärksamt. Mannen i fråga observerar också henne. Han får syn på hennes mask och undrar om hon har tillhörande fenor. Det har hon inte. Han erbjuder sig att gå till hotellet och hyra ett par till Marje. Jag ber honom lämna oss båda i fred. Han säger att han inte talar med mig längre, utan med min väninna. Han vill veta hennes fotstorlek. Jag inser att han har rätt och att sakfrågan bör överlåtas till Marje. Jag har tjatat på henne om att hyra fenor ett flertal gånger. utan någon som helst framgång. Nu sitter hon där borta helt avspänd. Hon verkar nöjd med att bli kurtiserad genom anskaffning av lämpliga grodfötter. Dessa grodfötter kommer att kosta henne, tänker jag för mig själv.

Mannen presenterar sig innan han avlägsnar sig i riktning mot hotellet. Hans namn är Napal, han kommer från Italien. Hans far är italienare och hans mor kommer från Jordanien. Jag hinner ta mig en titt på honom: han ser bra ut, i fyrtioårsåldern, ståtlig med ögon som mörka, glänsande oliver. Jag säger till Marje att hon inte borde utnyttja honom. Han kommer att vilja ha betalt för sina tjänster. Vi kommer att få det jobbigt med att skaka av oss honom senare.

Marje säger ingenting, bara tittar på mig och rycker på axlarna. Jag tolkar det som 'Hur vet du det?' eller 'Vi får väl se hur det går ...' Trött på det hela och något frusen ger jag upp. Samtidigt känner jag att det inte är riktigt rätt att ge upp. Jag skulle ha stannat och jagat bort karln...

Men jag kastar mig i vattnet och simmar iväg. Havet sluter sig om mig, smeker och gungar mig som ett litet barn. Jag andas genom snorkeln och spanar ner allteftersom jag rör mig längre utåt havet, bort från Marje och stranden. Om sanningen ska fram så är stranden här ganska sjabbig, men havet är oslagbart. Först är det grunt. Den terrakottafärgade botten är helt täckt med lågt, djupgrönt sjögräs. Jag observerar att havet har dragit sig tillbaka sedan förra året. Jag måste hålla in magen och försöka ligga helt platt.

Jag simmar snabbt och ganska långt genom de grunda vattnen innan jag kan återgå till min normala storlek och sänka farten. Nu blir det djupare. Den aprikosfärgade sandbottnen har små oregelbundna öar av ett mörkt, långhårigt gräs som musikaliskt vajar för strömmarna, fram och tillbaka, upp och ner likt en skicklig havsdirigent.

Först då börjar jag speja efter olika fiskarter som gömmer sig i gräset. Det är bara början. Det bästa ligger fortfarande framför mig, och det är en korallbotten. Jag har sett många korallarter i mina dagar, men det här stället tar priset. Det tar andan ur en. Inte för intet kallas platsen Japanese Garden. Nu svänger jag åt höger och häpnar. Det är inte svårt att förstå varför den här remsan av Röda Havet har fått en sådan storstilad benämning.

Vattnet är kristallklart och sjöbotten ligger fem meter under mig. Jag flyter ovanpå en veritabel trädgård. Men istället för träd, buskar, stenläggningar eller blomrabatter är det koraller som bildar alla möjliga växtformer och färger. Från sandbotten reser sig koraller likt en idegranshäck under hösttiden. Den består av till synes tillplattade grenar och ett finskuret lövverk. Växtformationen når ett par meter ovanför havsbotten och dess "löv" liknar myriader av fingrar som sträcker sig mot mig. Om jag håller andan och dyker ner lite kan jag röra försiktigt vid någon av dessa "fingrar", som känns hårda och slemmiga. På närmare håll ser jag att de är grönbruna, och man ska akta sig för att komma för nära. Råkar man bryta av ett "finger" av misstag, eller som trofé, kan man skära sig. Så jag rör mig sakta och mycket försiktigt.

Att flyta runt här är som att hålla andakt i ett vackert tempel. Häcken slingrar sig och bildar oregelbundna labyrinter. Inom labyrinterna finns allt möjligt vackert: stora runda koraller som ser ut som en människas hjärna uppförstorad tio gånger. De kan se ut på två olika sätt: antingen som en boll på cirka två meter i diameter, eller som stora runda blomkrukor fyllda av blomlika koraller i alla möjliga storlekar, färger och utföranden. Jag ser också andra arter som liknar brunaktiga klippor, men förstår att de är levande för jag känner hur de andas. Ibland kan jag även fånga en glimt av miniluftbubblor som springer ikapp mot vattenytan. Och så är det fiskarna förstås ...

Klippornas trygga terrakottafärg förstärker fiskarnas rika färgglädje. Fiskarna liknar boskap i miniatyr, såsom de betar på klippornas ojämna och bördiga ytor. Jag studerar en koffertfisk. Den är grå och aningen grönaktig, men liknar en liten kossa som betar på havsbotten. Här finns de mörkblå, självlysande fiskarna och de randiga: svartröda, gulsvarta, blågula. En stor regnbågsfisk blänker silvrigt i regnbågens alla färger. Samtliga havsinvånare verkar vara upptagna med att leta föda. Deras små munnar öppnas och stängs. Några skrapar sina miniatyrtänder mot klipporna, några biter i det smaragdfärgade sjögräset. Allt fler fiskar kommer fram under klippsatser, några simmar bort och försvinner in i grottor.

Det är mycket tyst.

Min närvaro verkar inte störa deras sysslor. Jag bara flyter där som vilken träplanka som helst. Havet omsluter och vaggar mig. Men jag lever intensivt i stunden. Händerna håller jag knäppta på magen och jag spanar vidare. På botten ligger en lång och ganska fet moränfisk. Hon liknar en orm. För tillfället kan jag inte urskilja vilken ände som är huvud och vilken som är svans. Jag viker mig dubbel, tar stöd med fenorna underifrån vid vattenytan och sträcker ut mig igen med huvudet neråt. Nu har jag moränan i närbild. Hennes fjäll har en förunderlig teckning: ett regelbundet gråvitt-brandgult ornament. Nu ser jag hennes milda ansikte som är vänt mot klippan. Hon har ett ansikte, absolut. Följaktligen måste den motsatta änden utgöra svansen. Jag är nöjd med min undersökning och lyfter mig upp mot ytan, blåser ut kraftigt och andas in – skööönt!

Det har nog gått närapå en timme. Jag måste tillbaka till Marje. Jag skyndar mig – det är min tur att passa väskorna nu. Några tiotal meter från stranden lyfter jag på huvudet och ser Marje. Hon står vid strandkanten, med simmasken på sitt blonda huvud och de hyrda fenorna under armen. Hon är klar att simma, och hon har den snygge och villige Napal vid sin sida. Han ser ut att vara redo att guida henne ner i Japanese Garden. Okej, tänker jag, du får skylla dig själv!

Jag kliver upp ur vattnet samtidigt som de går ner och försvinner i havet. Jag torkar mig med den röda handduken och kastar mig i sanden. Men det är inte skönt – solen gömmer sig bakom molnen och jag fryser. Mina tankar vänder tillbaka till havet och allt det vackra jag nyss varit med om. Längtansfullt blickar jag mot havet och blir medveten om berget på andra sidan. På berget ligger Eilat, har man sagt mig. Det skulle vara roligt att åka en sväng till Eilat, jag har hört att det ska finnas minnesvärda dykställen där. Den israeliska gränsen ligger bara fyra kilometer bort. Man kan ta taxi dit och sedan är det bara att knalla över gränsen. Jag känner för att göra det.

En halvtimme senare ser jag Marje stiga ur havet. Hon ser ut som en riktig Venus. Hon har långa ben, Marje. Hennes baddräkt är svart. Hon är blå om läpparna och skakar sitt våta hår.

- Fryser du? frågar jag och räcker henne handduken. Har du haft roligt? Vad såg ni för fiskar?

Marje svarar att hon har haft jättemysigt och att hon fick hålla i en blåsfisk. Det var förstås Napal som fångade fisken och räckte den till Marje.

- Men det var väl kul, säger jag och undrar vidare om Napal har tafsat på henne under vattnet. Som svar på frågan ler Marje hemlighetsfullt medan hon torkar håret med den lilla handduken. För tillfället står Napal borta vid sin egen klädhög och kan inte höra oss prata. Äntligen svarar hon blygt att visst smekte han henne. Och det var faktiskt ganska trevligt.

- Men då så, säger jag, jag är glad för din skull. Och det är jag också.

Napal kommer fram och tänder en cigarett. Vi befinner oss alla i hans rökmoln. Jag ser på Marje, hon flyttar sig inte en tum. Konstigt, tänker jag. Marje lever grönt, äter grönt och avskyr cigarettrök. Jag däremot kan tänka mig att ta en cigarett då och då. Men jag får inte röka för Marje, och jag låter bli. Napal bjuder oss på sin Marlboro. Jag tar tillfället i akt. Det blir faktiskt lite varmare i vårt gemensamma rökmoln. Jag drömmer om de undersköna fiskarna och börjar komma till ro med Napal.

Försiktigt börjar han utveckla sina planer för återstoden av vår semester. Till och från ropar några på honom och han lämnar oss korta stunder, men han släpper oss aldrig ur sikte. För nu har vi blivit hans lovliga byte. Jag och Marje utgör hans möjlighet att få sin beskärda del av landets turism. Det framgår att Napals jobb är att sprida information om alla möjliga aktiviteter, såsom bil- och båtutflykter, ballongfärder, resor till Wadi Rum och Döda Havet, dykning och diverse annat.

Marje försöker säga att vi besökte Wadi Rum förra året och att vi inför morgondagen redan har bokat en bilfärd till Döda Havet. Det vill Napal inte veta av. Han tycker att vi ska avboka Döda Havet och åka med honom i hans bil istället. Han undrar hur mycket vi skulle betala för utflykten och lovar att hans arrangemang blir betydligt billigare. Jag tittar menande på Marje för att säga 'Vad var det jag sa?!' Jag går för att skölja baddräkten och när jag kommer tillbaka är Napal borta.

- Han gick för att lämna tillbaka fenorna, säger Marje.

- Har du betalat för dem? undrar jag. Hon skakar på huvudet, och viskar sedan i mitt öra:

- Vet du, han har en lägenhet i Aqaba och han säger att jag kan bo där. Det är väl bra, eller hur? Då bor jag närmare dig och det är väl bra.

- Nej, svarar jag, det verkar inte alls bra. Tycker du om honom? Han ska ju bo där också, förmodar jag. Har du frågat vad det kommer att kosta? Du har ju ditt eget mysiga hotellrum med egen ingång. Och det är vid Japanese Garden, för sjutton! Jag kommer ju hit till dig vareviga dag…

Neej ... Marje är i valet och kvalet och Napal är tillbaka. Marje för på tal att jag tänker dyka. Genast undrar han om jag inte vill att han ska arrangera en dykning åt mig. Jag frågar om priset. Han nämner en summa som vida överstiger det jag vet att jag ska betala. Jag säger helt fräckt att jag har kollat priserna och att det blir för dyrt att dyka med honom. Han försöker med att hans dykställe är det bästa för att han känner folk här i trakten ...

Genast tycker jag synd om honom och tonar ner mig.

- Vi får se, säger jag, jag ska tänka på saken.

Napal blir nöjd och släpper plötsligt taget. Han säger att han stannar här på stranden till solnedgången. Han erbjuder oss att komma hit senare för att umgås med honom och hans vänner och se solen sänka sig i havet. Marje tycker säkert att det låter romantiskt. Men som tur är fryser hon och är hung-

14

rig, precis som jag. Vi sätter i väg mot hotellet. Barfota går vi över vägen och klättrar upp mot hotellets terrass. Här är det mycket varmare och det finns bord med gungsoffor som vetter mot havet. I morse hade Marje och jag gjort upp planer för kvällen: Vi skulle spela Yatzy. Det tycker vi båda om – att spela Yatzy på terrassen, sittande i en och samma tvåsitsiga gungsoffa!

Jag beställer en grillad kyckling med pommes frites och Marje beställer något vegetariskt. I väntan på maten sätter vi oss i en korgflätad gungsoffa. Sakta gungar vi med blickarna riktade mot havet. Maten dröjer och Marje hämtar spelet. Bordet står snett och tärningarna rullar ner på det varma stengolvet. Vi kryper under bordet och lägger massvis med dubbelvikta servetter under olika bordsben, ett ben i taget. Men utan framgång – bordet står fortfarande ostadigt.

Nu kommer maten och Marje får smaka av mina pommes frites. Det räcker för oss båda. Det visar sig att min kyckling inte är genomstekt; det gillar jag inte och jag lämnar det mesta på tallriken. På något sätt blir jag ändå mätt och vi sätter igång med spelet. Marje vinner i första omgången. Skymningen faller och havet blir rött. Himlen blir ultramarinblå med brandgula kanter.

Vattnet i bassängen bakom oss lyser blått och lyktorna tänds. Jag ser Napal där nere vid vägen. Hans vita jacka lyser i mörkret, hans kanelbruna ansikte är nästan osynligt i natt-dunklet. Dock går det att urskilja att han spanar upp åt vårt håll. Jag meddelar Marje att Napal fortfarande väntar på oss. Antagligen förgäves.

- Varför kommer han inte hit upp, undrar Marje.

- Jag antar att han måste vara förbjuden att komma hit, svarar jag.

- Förbjuden, ekar hon. Vad menar du med det? Förbjuden av vem?

Hon tror väl att jag är tokig ... Jag måste förklara.

- Just det, förbjuden av hotellägaren för att inte besvära hans gäster, säger jag och hon nickar. Nu förstår hon.

- Du måste prata med honom, han väntar på dig, säger jag.

- Nej, gör det du, säger Marje.

- Vad ska jag säga då? frågar jag.

- Säg att vi inte kommer, säg att vi stannar här på hotellet, svarar hon.

- Nej, var det inte du som ingav honom förhoppningar? Då ska det också vara du som tar dem tillbaka, menar jag.

- Jag är trött, orkar inte med sådant, säger Marje. Du är bättre på att prata.

Alltså sitter hon bara där och gungar och han bara står där nedanför och hänger ... Jag tycker synd om den stackaren. Grymma, grymma Marje! Motvilligt kliver jag ur vår upp-värmda gungsoffa och ställer mig vid räcket. Napal får syn på mig. Han lämnar vägen, går mot mig och ställer sig ned-anför terrassen. Han står där bland gamla plastpåsar och låga avlövade, taggiga buskar. Jag ropar till honom att nu har vi bestämt oss för att stanna på hotellet. Han ropar tillbaka att han vill prata med Marje.

Han tar mig väl för ett kallhamrat fruntimmer och tror Marje vara en blåögd turist. Blåögd i dubbel bemärkelse. Han haft helt rätt i det tills nyligen, men inte nu längre. Upplys-ningen om att inte han var välkommen upp till hotellet satte nog griller i Marjes söta huvud. Hon jobbar för övrigt med familjerätt i en av Sveriges större kommuner. Där gäller det att vara misstänksam. Men detta har Napal inte en susning om, såklart.

Jag vänder mig mot Marje och talar om att Napal önskar prata med henne. Hennes hals är lång, axlarna åker upp och hon skakar på huvudet – ett bestämt nekande! Jag ropar i mörkret att hon är upptagen och inte kan nås för tillfället. Han menar att han är villig att vänta. Trots allt verkar Napal vara ganska mjuk och kärleksfull. Fan, vad svårt, jag vill ju inte såra honom.

Åter vänder jag mig mot Marje: hon gungar och ler mot mig helt bekymmerslöst. Det syns inte en tillstymmelse till några skrupler. Och jag har fått nog av medlandet. Nu låter jag något tuffare. Jag meddelar neråt att Marje inte är hågad att prata med honom, men att han får komma upp till oss om han vill. Det sista säger jag bara av hänsyn. Han vet ju själv att han är portförbjuden här. Men han vet inte att jag vet det. Till skillnad från Marje har jag mycket dåligt samvete. Värst vad hon ställt till med! Vid det här laget ser jag att hans vänners bil har åkt – vägen är både tom och stum. Napal fattar vinken, säger "bye-bye", vänder sig om och drar sig långsamt mot den öde motorvägen.

Jag återvänder till vårt bord och sätter mig på den orientaliska kudden vid Marjes varma sida. Vi fortsätter med Yatzy. Den här gången vinner jag. Under tiden som vi spelar ser jag Napals vita jacka lysa i mörkret. Han försöker lifta. Bilarna stannar då och då, men varje gång blir han kvarlämnad. Jag gissar att han inte vill betala för skjutsen.

Marje koncentrerar sig helt på de rullande tärningarna och är rätt så road av spelet. Jag är också road, men kan inte njuta på riktigt, inte så länge som jag ser Napal hänga vid motorvägskanten. Efter en stund är han borta. För alltid, vad oss anbelangar. Marje och jag fortsätter med vårt gemensamma spel.

2

Döda Havet

Döda Havet

Jag hänger utanför hotellets restaurang. Det gör jag i väntan på min femstjärniga frukost. Idag verkar vädret bli strålande. Solen bländar mig, jag blir tvungen att sätta på de mörka glasögonen med dioptrier.

Klockan är halv nio. Marje och Fares ska plocka upp mig med hans bil. Tillsammans ska vi göra en heldagsutflykt till Döda Havet och de Termala Baden. Det blir första gången för Marje, men inte för mig. Jag var vid Döda Havet förra året. Men då blev det en bussutflykt med Apolloresor. En stor buss fylld med allsköns nordiska invånare. Inte ska man resa ända till Jordanien för att umgås med sitt eget folk, det kan man göra hemma.

Den här gången har vi ordnat en egen bilfärd. Det känns fritt och behagligt. Nu är det vi själva som bestämmer huruvida vi vill stanna på olika platser längs vägen och vid vilken tidpunkt vi ska bada, shoppa eller dricka kaffe. På tal om Fares så träffade jag honom förra februari i Petra. Jag tog mig igenom den antika staden helt solo, stannade då jag såg något vackert och lyssnade till ett flertal slumpmässigt valda guidade turer. Närhelst jag mötte en turistgrupp stannade jag en stund för att höra på. Där fanns grupper med engelska, italienska, ryska och franska turister. Vid varje ny grupp kunde jag uppfånga någonting nytt. Guiderna lyfte fram olika historiska aspekter av en och samma händelse, byggnad eller skulptur. Det var väldigt lärorikt! På samma gång fick jag en viss insikt i olika europeiska kulturer. Det visade sig att var och en av guiderna tog sig an olika aspekter av nabatéernas storslagna historia. Varje gruppledare hade originella, om inte helt avvikande, uppfattningar om diverse vad, hur och varför. Jag behärskar inte till fullo alla de språk som förekom på vägen, men det jag kunde uppfatta var helt fascinerande! Jag blev lycklig över mitt val att komma hit ensam med taxi istället för med en svensk turistgrupp.

Fares träffade jag i den mest avlägsna delen av Petra. Han befann sig på en upphöjd stenläggning i kolonnaden. Först promenerade jag bara förbi honom, där han satt vid sidan av en gammal beduinkvinna som från en duk på marken sålde små stenar och diverse hantverk. Fares kunde man knappast passera utan att lägga märke till. Han bar beduinkåpa och en grönsvart smårutig huvudduk. Men mest var det hans karismatiska utstrålning som man genast lade märke till. Hans armar var korsade över bröstkorgen i en kraftfull gest. Hans gröna ögon lyste som på en vildkatt. Hans genomträngande blick mätte och vägde hela mig då jag gick förbi. Jag kom fram till slutet av den gigantiska, vördnadsbjudande kolonnaden och vände om.

Vid det här laget var solen i sänkan och jag kände mig helt slutkörd efter en lång promenad kantad av dagens starka upplevelser. När Fares såg mig för andra gången tog han tillfället i akt. Han reste sig och var på väg mot mig. Jag såg det och ökade tempot. Han gick efter mig ett bra tag. Jag låtsades att inte ha en aning om detta förrän han påkallade min uppmärksamhet med djup hes röst. Han presenterade sig och sträckte fram ett visitkort. En beduin med visitkort – nog var det något nytt under solen! Jag stannade. Jag var bara tvungen att ta reda på innehållet. Av texten framgick att Fares representerade ett företag "Beduin Tours", med Petra, Wadi Musa och för övrigt hela den jordanska öknen som arbetsplats. På detta sätt blev jag bekant med Fares Al-Thbean. Vid ett senare tillfälle presenterade jag honom för Marje och det klickade till mellan dem.

Marje och jag hade lärt känna varandra några dagar innan mitt första möte med Fares. Hon och hennes son bodde på samma hotell. Efter en vecka var vi tillbaka i Sverige, men Fares och Marje har upprätthållit kontakten. De har sms:at och ringt till varandra. Nu, ett år senare, träffades vi alla åter i Aqaba. Och idag skulle Fares köra oss två till Döda Havet. Nu sitter jag vid ett runt stenbord omgiven av en modern granitkolonnad och väntar på Marje. Mina fötter svalkas av de svartvita ornamentala marmorinläggningarna.

Hotell Mövenpick sluter upp sina stolta fem våningar bakom min rygg. Om jag vänder mig och tittar högre upp kan jag se min balkong med en bikini hängandes över räcket. Det faktum att jag lämnar min flotta bikini på hotellrummet, när jag i själva verket tänker bada i Döda Havet, har sina tungt vägande skäl. Det är nämligen så att en kvinna på Döda Havets strand klädd i bikini väcker en negativ uppmärksamhet, kanske till och med förargelse hos lokalbefolkningen. Alltså är det bäst att låta bikinin vara och istället bada i en T-shirt eller något liknande.

Jag väntar fortfarande på frukosten medan alla andra omkring mig åtnjuter sin. Det beror på att jag igår kväll beställde en lådfrukost. Den är sedvanlig på de fina hotellen ifall deras gäster ska ut på morgontidiga utflykter.

Först vibrerar mobilen och sedan spelar den min favoritmelodi. Ett meddelande från Marje säger att hon och Fares väntar i bilen vid entrén. En reslig servitör anländer med frukostlådan. Så här dags är det alldeles för tidigt för mig att äta. Dessutom ser jag fram emot att kunna dela frukost med reskamraterna. Lådan visar sig vara gigantisk, dess innehåll räcker gott och väl för alla tre. Jag pressar in lådan i en stor Gucciväska utan att kunna stänga blixtlåset, greppar handtagen och skyndar mot entrén.

Ute på gatan står två bilar parkerade. Den mörkblå tillhör Fares, den andra är en grön taxi. Den gröna taxin verkar bekant. Ja, den tog Marje och jag kvällen innan, när vi skulle åka till South Beach. På vägen tillbaka till hotellet tog vi en omväg genom staden. Föraren Elaja var mån om sina nya kunder och köpte oss varsin falafel - Marje längtade så efter en falafel. Det tyckte vi var snällt av Elaja. Därefter diskuterade vi möjligheten att han skulle kunna skjutsa oss två till Döda Havet. Vi diskuterade även hans arvode. Eftersom jag redan gjort denna resa förut, föreslog Elaja att vi dessutom skulle besöka de Termala Baden. Elaja visade oss en färgglad katalog med bilder av baden. De såg ut att vara från romartiden. Mest av allt älskar jag bad, varmt eller kallt spelar ingen roll. Alltså: de varma baden tänkte jag inte missa! Det var verkligen otur att just denna chaufför råkade vara vid hotellet samtidigt som vi skulle åka i väg med en annan bil!

Jag får omedelbart skuldkänslor. Jag går fram till den gröna bilen. Jag hälsar vänligt på Elaja och förklarar att efter att vi hade skilts åt dagen innan hade vi träffat en gammal vän som erbjöd samma tjänster. Mannens ansikte, som först ser bedrövat ut, ljusnar en aning. Han säger att han förstår och att det är okej. Men jag ser att han är sårad. Marje tittar genom bilfönstret, hon undrar vad jag gör vid den gröna bilen.

Jag vinkar adjö till chauffören och skyndar mot Fares bil. Fares tar emot min väska och ser ut att vara irriterad. Han undrar väl vad jag snackade med taxiföraren om, gissar jag och sätter mig i framsätet bredvid Fares som startar bilen. Nu är vi på väg, vår förare ser missnöjd ut och jag förklarar olägenheten med den gröna taxin. Det gör inte saken bättre. Fares säger att han träffat Elaja och att han är känd för att vara en dåre. Jag undrar och frågar varför. Fares berättar att förra året har Elaja krockat bilen. Då var hans bil fullpackad med utländska turister. Efteråt har han inte varit sig själv.

- Nu ser ni vad ni har sluppit ifrån, avslutar Fares sin berättelse.

Nu tycker jag ännu mera synd om den stackars Elaja. Jag sitter med ryggen mot Marje och försvarar Elaja. Marje, som sedan gårdagen har Elajas visitkort i sin väska, stämmer in från baksätet. Hon är romantisk på grund av den mycket goda falafelen. Det hjälper inte, Fares verkar påtagligt svartsjuk och tjatar om att Elaja är helt oprofessionell som bilförare och dessutom äger han en skrotig bil. Fares är sur och blir inte på bättre humör förrän en stund senare då jag förevisar innehållet i den jättelika frukostlådan. Då blir det frid i bilen och vi avancerar framåt.

Motorvägarna i Jordanien har för det mesta helt exemplariskt underlag och är spikraka. Här är marken mycket platt, här finns lite vatten, väldigt få byggnader och ett mindre antal fordon. Vägskyltarna är tydliga, med texter på både arabiska och engelska. Vägmarkeringarna är väl synliga och väglaget är perfekt – inga håligheter eller gupp. Det svenska vägverket skulle kunna lära sig ett och annat av det jordanska.
Efter ett par timmar stannar vi för att tanka. Fares går iväg för att betala. Jag passar på och vänder mig mot Marje med ett par aktuella frågor.

- Hur var det i natt? Gick det bra?

Marje berättar skyndsamt under tiden Fares är borta. Det verkar inte vara så värst bra mellan dem. Marje är besviken, efter ett helt års väntan fylld av spänning och massvis med ömsom kärleksfulla, ömsom förebrående sms. Jag vill veta orsaken till nattens besvikelser.

Marje tror att Fares har blivit uppgiven av den långa väntan. Hon tror att han kände sig sviken. Jag börjar tänka på lingvistiken och resonerar således: Om ordet 'besviken' (B-sviken) finns, skulle det då också kunna finnas ett ord som heter A-sviken. Och vad skulle i så fall kännas lindrigare? Att vara a-sviken eller b-sviken? Jag kommer till slutsatsen att B i så fall skulle vara värre. Alfabetiskt följer ju B efter A. Alltså behöver inte Fares besvikelse göra honom så bitter att det ska gå ut över Marje. Hon bor ju på andra sidan jordklotet och har ett arbete att gå till vareviga vardag. Inte kan hon sticka till Jordanien hux flux! Hon är ju här hos honom just nu.

Jämte den slutsatsen är Fares tillbaka. Han håller i en liten ask med jordgubbar. Han sträcker asken till Marje. Jag tolkar dessa jordgubbar som ett försök att överträffa Elajas falafel. Oavsett skälet är det en vacker gest. Min fråga om hur natten har varit syftade på gårdagen när Fares, efter en gemensam middag på restaurang Ali Baba, skjutsade Marje från Aqaba till hennes hotell på South Beach.

Vid samma tidpunkt har jag haft min date med Adam för första gången sedan förra året. Under kvällen uteslöt jag Marje från mina tankar. Jag hade fullt upp med mig själv och hann inte tänka på hennes förehavanden. Men nu, medveten om de jordanska reglerna att inte tillåta två individer av olika kön och nationalitet att övernatta på samma hotellrum, undrade jag hur det hade gått för henne och Fares under tiden vi var åtskilda.

Marje är inte som jag. Jag uppskattar klarhet. Jag väljer alltid den kortaste sträckan när jag förflyttar mig från en punkt till en annan. Enligt kinesisk astrologi är Marje född i kattens år. Det måste stämma, för i nästan alla lägen är hon försiktig och går om saker och ting, istället för att ta den rakaste vägen. Det är inte så särdeles lätt att få ur henne en åsikt eller en upplysning. Ställer man en rak fråga till mig får man ett rakt svar. Så är det aldrig med Marje.

Men under resans gång fällde hon en och annan kommentar. Jag lade ihop dem och fick något så när en ungefärlig framställning av deras möte. Fares misslyckades med att göra Marje till en lyckligare kvinna den natten. Tvärtemot det han gjorde förra året i Wadi Rums öken. Den här gången fick han checka in på hennes hotell, men han var tvungen att hyra ett eget rum. Det som tilldrog sig efteråt gjorde henne besviken. Han tänkte enbart på sig själv, var Marjes ord. Ändå tyckte Marje att det var bra att träffa honom igen.

- Nu vet jag, sa hon.

Och vid ett senare tillfälle:

- Nu tror jag faktiskt inte att det blir någon fortsättning.

Jag sitter bredvid Fares och funderar på dessa två. Då och då vrider jag på huvudet och betraktar Fares stolta profil med långa böjda ögonfransar. Jag är ju en konstnär och Fares utgör en mycket exotisk figur! Med den svartvita, rutiga duken virad om pannan ser han ut att vara totalt malplacerad vid ratten. Han skulle göra sig mycket bättre på en kamelrygg! Han håller ju till i Petra. Har han några kameler? Senare ska jag fråga Marje om hon har hört något om det.

Det tar hela tre timmar att komma fram till Döda Havet. Vi stannar för att äta frukost och dricka te. I lådan finns kokta ägg, flera smörgåsar, massor med diverse små bullar och minimala burkar med sylt. Fares är väldigt nöjd med frukosten och blir genast på bättre humör. På väg ut från kafeterian stöter vi på en ståtlig man i brun elegant kavaj. Fares presenterar honom som sin kusin. Kusinen ser inte alls ut som en kusin, hans klädprofil är annorlunda än Fares. Han verkar vara mer västerländsk än beduin. En sådan man skulle platsa bättre utanför Konsumbutiken på en svensk landsort än vid en jordansk vägkrog.

Till skillnad från Fares är kusinen verbal och mycket förekommande. Vi fyra pratar livligt en liten stund, kusinen berättar att han är på väg till ett affärsmöte. Om en stund önskar vi honom lycka till, tar avsked och sätter oss i våra respektive bilar. Bilarna åker åt skilda håll. En halvtimme senare, när vi äntligen är framme vid Döda Havet, blir jag mäkta överraskad över att återse kusinen på stranden. Marje uppmärksammar inte den uppenbara bristen på samstämmighet. Kusinen gjorde ju klart för oss att han var på väg någon annanstans... Det fascinerar mig att Marje nästan aldrig låter sig överraskas. Hon bortser från alla orimligheter genom att helt enkelt nonchalera dem.

När vi kommer fram är solen borta. Det är ganska kyligt och blåsigt. Marje och jag betalar ett saftigt inträde till badanläggningen. Fares håller sig två steg bakom oss.

Han ger sken att vara vår gruppledare och säger något på arabiska till kassören. Vi får våra proffsigt designade dyra biljetter och går nerför trappan mot stranden. Fares stannar kvar vid entrén. Vi tittar på varandra: Nu ska vi äntligen bada! Men så enkelt är det inte. Vi måste söka oss till omklädningsrummet, och medan vi letar ser jag en kiosk med diverse varor. Jag blir nyfiken.

En knallröd byxklänning vajar för vinden på en galge. Klänningen syns långa vägar bland många andra solblekta klädesplagg. Den drar till sig min uppmärksamhet och jag måste gå fram för en närmare undersökning. Jag ser att klänningen är gjord av stretchtyg. Jag ber expediten att ta ner den. Expediten ler mystiskt och säger att det inte är en klänning utan en baddräkt. Det kommer som en överraskning – visst är det en arabisk baddräkt! Priset är helt överkomligt. Vi måste ha sådana baddräkter när vi ska bada i Döda Havet.

Jag ropar på Marje. Under tiden går jag in bakom ett draperi och provar plagget. Baddräkten, alias klänningen, sitter som en handske. Jag visar Marje. Efter några om och men blir hon också sugen och vi bestämmer oss för att inhandla varsin. Det visar sig dock att varken Marje eller jag har tillräckligt med kontanter. Jag ämnar betala bådas baddräkter med mitt Visakort. Expediten hänvisar till en närliggande souvenirbutik. Jag frågar om jag får behålla baddräkten på under tiden och får ett medgivande. Jag skuttar iväg, glad och belåten.

Badanläggningen är nästan tom på turister – det är lågsäsong. Jag närmar mig butiken och ser några dystra män vid butiksdisken och en ung polis som vaktar ingången. Ovanpå disken står en cd-spelare som spelar arabisk musik.

Jag dansar in i butiken i min röda jordanska baddräkt. Jag känner mig på topp och får lust att dansa till musiken. Som på kommando höjer männen i butiken sina tummar. Det lär indikera deras gemensamma beundran för mig iklädd den arabiska baddräkt som ser ut som en klänning. Polismannen ler vänligt mot mig, medan jag med mjuka danssteg avancerar mot disken. Jag stannar upp och säger att jag vill betala för två likadana baddräkter. Då pekar jag mot mig själv. Mannen bakom disken tar det framsträckta Nordeakortet och stoppar det i en liten svart maskin. Maskinen visslar till kärleksfullt och påbörjar processen.

Jag ser mig omkring i butiken. Nu märker jag att den unga polisen är på väg mot disken. Han bjuder upp mig till dans, se där! Han leder mig med fast hand. Det är riktigt trevligt att snurra och svänga med honom. Tydligen utgör vi ett samspelt danspar. Vi valsar runt i butiken tills musiken spelat färdigt. Polisen skrattar och bockar, jag lyfter min knälånga vida kjol och niger mot honom. Sedan vänder jag mig mot disken för att signera kvittot. Bakom ryggen hör jag högljudda applåder. Alla i butiken är glada. Jag plockar åt mig plastpåsen med Marjes baddräkt och går ut. Jag är upprymd: det var riktigt roligt att dansa till arabisk musik i den långärmade röda baddräkten. Och ännu roligare att kunna få med de andra i glädjen!

Marje väntar på mig vid omklädningsrummet. Hon tar plastpåsen, går in för att sätta på sig baddräkten. Jag följer henne i hälarna. På en stol vid ingången sitter en blåklädd kvinna. Hon har uttrycksfulla ögon och hennes hår döljs under en blå huvudduk. Man lägger märke till henne för att hon utstrålar värdighet och allvar. Det visar sig vara hon som ser efter duschrummet, delar ut toalettpapper och torkservetter.

Jag känner ett visst intresse för henne. Jag får lust att göra henne något gladare. Men vad kan jag göra? Ge henne lite pengar? Men hon verkar vara så allvarlig och så jämbördig att jag skäms att lämna över några små slantar till henne. Jag anar att en större valör skulle göra henne förlägen. Jag är säker på det. Hon skulle utan tvekan bli glad att få den ersättning som motsvarar den egna arbetsinsatsen. Men hon skulle skämmas över att ta emot en gåva som var obefogad. Men jag känner starkt för att göra något för henne, och under tiden som Marje står på ett ben och kämpar att komma in i sin röda baddräkt gräver jag i min stora väska på jakt efter en lämplig gåva.

Först hittar jag inget som passar och fortsätter att leta. Sedan ser jag ett jättestort äpple och en hjärtformad liten metallask. Jag tömmer ut asken, tar äpplet i min högra hand och med min vänstra håller jag asken mot bröstet där hjärtat slår. Jag går fram mot kvinnan och räcker henne först äpplet, sedan asken.

Uttrycket i hennes ögon säger mig att hon är helt med på min symbolik. Hon vet att jag för det första bjuder henne kunskapens äpple, och för det andra ger henne mitt hjärta i form av en ask, i vilken hon ska förvara saker som hennes hjärta är mån om. Kvinnan rodnar och tar emot. Jag vet att hon förstår mig till hundra procent! Det, att hon och jag förstår varandra, beror på att jag som liten älskade sagor. Som vuxen samlade jag på sagoberättelser från alla världens folkslag.

I min sagosamling ingick tolv volymer av de arabiska sagorna Tusen och en Natt. Jag var förtrollad av dem. De flesta av sagorna är mycket speciella, några rentav magiska. Därifrån har jag lärt mig att symboler utgör en naturlig del i arabisk kultur. I arabiska sagor sker oftast kommunikation människor emellan antingen via bruksföremål som uppfattas som symboler eller via symboliska handlingar. Här, i Döda Havets omklädningsrum, får jag en möjlighet att göra mig förstådd via två tunga symboler och en symbolisk handling.

Den blåklädda kvinnan tar emot budskapet att jag ser hennes inre väsen och att jag vill henne väl. Jag får en varm kram som uppskattning. Vi utbyter våra förnamn. Jag tog inte fel på henne, för att hennes namn är Celeste, det vill säga 'Den Himmelska'.

Hennes leende ögon ser djupt in i mina när Marje dyker upp i omklädningsrummets dörröppning. Celeste och jag känner oss för stunden som systrar, och det gör Marje, i hennes röda baddräkt, till min blonda, långa tvilling. Vi speglar oss i varandra och skrattar. Det känns som om alla tre tillhör en och samma familj.

Sedan får vi lust att föreviga ögonblicket. Marje fotograferar Celeste och mig tillsammans. Jag tar kort på Celeste och Marje var för sig. Och Celeste tar flera bilder på Marje och mig som det omaka tvillingparet. Vi tre har så roligt att vi glömmer bort tiden. Sedan kommer vi ihåg att Döda Havet finns nedanför, och att Marje och jag bör skynda oss dit för att se oss omkring och framför allt för att bada!

Vi går nerför breda trappor mot havet. Döda Havet ligger majestätiskt inramat i ett blygrått dis. Nu står vi vid strandkanten och beundrar det lugna geléaktiga vattnet. Det blåser på stranden och våra röda baddräktskjolar flaxar för vinden. Men det stör oss inte, för det är riktigt vackert och vi liksom passar in. Vi ser ut som två färgglada fåglar. Det gäller speciellt Marje som har långa, snygga ben. Det klarröda gör sig bra mot det gröngrå vattnet. Havet är gränslöst, och på grund av diset kan man inte se den motsatta stranden. Berglandskapet på den motsatta sidan smälter ihop i en tät dimma. Plötsligt säger Marje att det trodde hon inte. Vad trodde hon inte?

- Att Döda Havet var så stort.
- Vad trodde du då? frågar jag.

Hon säger att hon alltid trott att Döda Havet var mindre. Som typ en låg stor vattenpöl eller en bassäng. Jag för min del trodde ingenting sådant.

Knappt elva månader tidigare hade jag anlänt till Döda Havet i Barbros sällskap. Vi lärde känna varandra på planet till Jordanien. Vi bodde på olika hotell och när vi sågs nästa gång var det på Apollos bussutflykt till Döda Havet. När jag klev in såg jag Barbro. Hon vände sig mot mig och sa:

- Wow, vad du ser ut! Har du kidnappat en beduin? Jag skrattade och sa att det var mitt i prick. Barbro är alltid mitt i prick.

Den förra gången var det nämligen så att så fort Döda Havet dök upp på bussens vänstra sida blev det ett stopp för fotografering. Alla medpassagerare började genast sikta med kameror och mobiler mot havet. Barbro och jag däremot sprang ner mot stupet, där havet gjorde sig allra bäst. Apolloguiden vinkade hysteriskt och skrek mot oss:

- Ladies, ladies! It's very dangerous down there! Please come back!

Men vi skyndade bara vidare neråt utan att ta notis om honom. När vi äntligen tog våra foton var det från den mest fördelaktiga punkten – den som låg allra närmast havet.

Sedan badade vi tillsammans och hade kul. Folk från världens alla hörn flöt runt omkring oss. Alla snackade på olika språk, skrattade och hade roligt över att man inte kunde simma i Döda Havet, utan bara flyta på rygg. Barbro var lik mig på flera sätt. Och, om jag tänker efter, är hon raka motsatsen till Marje. Barbro är extrem, säkert ett strå vassare än jag själv. Hon är livlig och oförskräckt.

Förra året när Barbro och jag var vid Döda Havet fanns det massvis med folk på stranden. Luften stod stilla och solen gassade från en molnfri himmel.

Men idag är de kyligt på stranden, blåsigt och ödsligt. Knappt någon annan än vi, och det får havet att framträda på ett annorlunda sätt. Man kan känna på sig att mycket har tilldragit sig här under årtusenden. Havet tycks leva sitt alldeles unika, förhistoriska liv. Det besitter sin egen unika karaktär. Majestätiskt vilar havet inuti sandstrandens guldlika infattning - en skimrande österländsk pärla. Jag älskar pärlor, de är vackra att se på. De fångar in ljuset som inga andra stenar, och behåller det. Diamanter gör också det, men de skickar ut sina ljusstrimmor om ljuset faller på dem. Om ljuset försvinner blir de osynliga. I mörkret kan man urskilja pärlor, men inte diamanter.

Nu iakttar Marje och jag hur Döda Havet kysser våra fötter samtidigt som det rullar ikapp vågorna; fram och tillbaka. Det känns mycket varmare i vattnet än på land. Vi flyter på rygg en bra stund. Det är en udda upplevelse: man kan inte simma här eller resa sig upp. Så fort man försöker vända sig över och ligga på magen rullas man runt av havet, hamnar återigen på rygg och finner sig vifta med armar och ben i vädret istället. När man försöker ställa sig upp blir man omkullknuffad. På så sätt känns det så kallade Döda Havet i högsta grad levande. Det har sin egen vilja och man tvingas att följa den.

Marje ropar till mig att hennes kropp svider av det salta vattnet. Jag hojtar tillbaka att framförallt ska hon akta sig för att få vatten i ögonen. Då kommer det att svida ohyggligt. Hon svarar att hon tänker vara försiktig. Nu står hon på knä vid strandkanten och letar efter vackra stenar. Marje älskar att samla stenar. Hennes röda baddräktskjol flyter runt henne som ett tefat. Det ser ut som om hennes överkropp växer ut ur en röd cirkel. Hon liknar en rododendronblomma eller en välsvarvad schackpjäs.

Jag ligger fortfarande på rygg och blickar uppåt. Ovanför mig flyter en blygrå låg himmel. Den rundar sig försiktigt som ett mjöligt kyrkvalv eller en kupol. Jag ligger utsträckt med håret och öronen under vattnet. Den tunga geléaktiga havsvätskan ramar in ansiktet. Eftersom mina öron befinner sig strax under havsytan hörs enbart havets ljud. Jag blir medveten om att jag lyssnar till havet och ser himlen. Jordytan finns inte längre och den vanligtvis tyngande kraften släpper mig fri. Allt detta är extremt lugnande, så lugnande att tillståndet nästan kan liknas vid döden. Jag smälter till ett med havet och tänker att det nog är just därför man har döpt detta vatten till Döda Havet. Kan det verkligen vara orsaken? frågar jag mig själv och svarar: Vem vet!

Nästa utmaning blir att kliva ur havet. Det är inte så lätt. Vattnet känns ohyggligt tungt, och i jämförelse med det känns jag själv så lätt att när jag försöker röra mig i riktning mot stranden knuffas jag omkull åt vänster eller höger, framåt eller bakåt. Marje är redan på stranden och det syns att hon fryser.

De där arabiska baddräkterna är mycket vackra och täcker det som arabiska män är förbjudna att se. Men vid Gud, dessa baddräkter är grymt opraktiska på land och svårhanterliga om man är tvungen att byta om kvickt. Nu är det kallt och en blöt baddräkt känns som ett kylskåp. De arabiska kvinnliga badarna måste ständigt drabbas av blåskatarr. Nu förstår jag varför de inte badar så ofta – det kan vara farligt! Det måste vara en av orsakerna till att man sällan ser en badande kvinna. De vågar sig i vattnet enbart vid extremt höga lufttemperaturer, gissar jag. Men tack och lov är Marje och jag inte arabiska kvinnor. Vi är bara två kvinnor i våta lokala baddräkter. Vi måste byta om så fort som möjligt för att inte utsätta oss för risken att bli förkylda. Det gör att vi skyndsamt klättrar uppför backen mot duschanläggningen. Där byter vi om vid en låg stenmur under förstulna blickar från några män som står nere på stranden. Men stranden ligger långt ner, så det är ingen fara - männen har ingen bra sikt.

Efteråt återvänder vi till strandkanten. Vi sätter oss på de plaststolar som står uppställda på så sätt att man bara kan se mot havet. Marje och jag sitter stilla en stund och betraktar havet. Nu har vi bytt om till våra vanliga baddräkter och svept
34

in oss i våra handdukar. Detta är mest av hänsyn till arabiska seder, men också för att de stora frottéhanddukarna skyddar mot vinden. Efter en stund blir det varmare i luften och flera personer anländer till stranden. En japansk familj sitter bakom oss och vi blir fotograferade. Nu är vi inte längre ensamma med havet.

Under tiden förbereder vi oss för nästa välkända kosmetiska procedur, att prova på Döda Havets egen lera. Denna lera är världsberömd. Det ryktas att den utför mirakel för huden, och den säljs på burk för dyra pengar. Jag har redan en sådan burk från förra årets resa. Den står där hemma i badrumsskåpet, ännu oöppnad. Men jag vet precis hur leran fungerar för jag prövade den i Barbros sällskap. Då blev det så att Barbro och jag skulle ta en lerbehandling strax efter badet. Men efter att ha badat gick vi till restaurangen istället. Saltvattnet gjorde oss ovanligt hungriga. Där pratade vi i nästan två timmar och glömde bort tiden. När vi kom tillbaka och precis skulle lera in oss och vila skönt i solstolarna, menade Barbro att vi borde nog titta på klockan. Vår Apollobuss skulle avgå klockan fyra och det gällde att inte missa bussen. Barbros klocka visade kvart i fyra. Det blev lagom tid för att hinna slänga på oss kläderna, samla ihop prylarna och springa iväg. Men detta ville vi inte göra utan att testa den magiska leran.
- Vet du vad, sa Barbro till mig, vi gör så här ...
Hon föreslog helt enkelt att vi snabbt som attan skulle smörja in våra ansikten med leran och skynda till bussen. Planen var att sätta oss på bussen utan att ta bort leran. Sedan skulle vi tvätta bort den vid första bästa busstopp. Jag tyckte att det var en bra plan.
Vi hann till bussen i tid, mörkhyade och flåsande. Vi blev hela bussens glada underhållning. Alla som såg oss vek sig dubbelt av skratt. Men underligt nog blygdes varken jag eller Barbro över det hela. Vi hade ingenting emot att folk roade sig på vår bekostnad. Vi hade hunnit testa havsleran, stressiga

omständigheter till trots. Vi båda verkar gilla utmaningar. Att kunna göra allt vad vi planerat och ändå hinna till bussen i tid var en sådan utmaning. Och vi klarade det galant. Det var huvudsaken, resten var bara detaljer. Dessutom var vi så utmattade att vi sov i två timmar ända fram till det första stoppet. Då fick vi se ännu flera glada leenden under tiden vi köade för att komma in på toaletten. Där inne fick vi äntligen skölja ansikten och blev genast som alla andra. Folk undrade efteråt om det kändes nån skillnad.

- Japp, huden blev len som en barnrumpa, sa Barbro.

Detta tilldrog sig förra året.

Nu befann jag mig åter på samma plats. Istället för Barbro finns Marje vid min sida och vi två fortsätter med vår lärorika samvaro. Fares 'kusin' gör oss sällskap. Glad och självbelåten dyker han upp från ingenstans och sätter sig vid vårt vita plastbord. Döda Havets plastmöbler skapar en grov dissonans. Här passar de verkligen illa! Döda Havet som känns så levande, som är så genuint, måste stå ut med de påtvingade fejkade möbler som skär sig mot havets äkthet. Jag kallar havet äkta för att det är en del av naturen, därmed genuint vackert. Jag kallar plastmöbler falska för att de är en billig industriell massprodukt, nära släkt med plastpåsar eller plastbestick. Allt sådant vill man inte kännas vid när man befinner sig vid kanten av det eviga havet.

Kusinen är inte alls medveten om mina funderingar. Och varför skulle han vara det? Kusinen frågar mig om både ett och annat. Jag blir lite undrande eftersom jag vet att han var på väg någon annanstans ett par timmar tidigare. Jag frågar mig själv: Varför kom han hit? Och vidare: Inträdet till badet är inte billigt, hur kom han in? Men jag kan inte fråga honom om det, det vore oartigt. Så jag bara sitter där och retar mig på den glada kusinen och försöker komma undan de närgångna frågor som riktas mot mig. Kusinen känner min illa dolda motvilja och vänder sig till Marje istället. Jag pustar ut och kopplar bort kusinen.

Just då ser jag Fares som befinner sig uppe i backen under ett trätak tillsammans med en lerförsäljare. Strax nedanför ser jag två jättekrukor med lera. Fares och försäljaren skrattar och pratar engagerat med varandra. Då och då pekar Fares mot vår trio på plaststolarna. Marje och jag är på väg mot trätaket och ämnar nu ägna återstående tid åt den efterlängtade lerbehandlingen.

Nu sträcker jag fram mina dinarer till lerförsäljaren och marscherar fram mot ena krukan. Jag smörjer in mig med leran från den ena krukan och Marje ställer sig vid den andra. Fares tittar på Marje och hon bara står där och ser undrande ut. Vad finns det att undra över? Jag fattar inte, det är bara att smörja in sig, tänker jag och avslutar behandlingen med att gnida in den resterande leran i mitt ansikte.

- Men jag vet ju inte hur man gör…, klagar Marje.

Nu ser jag att den galanta 'kusinen' skyndar sig till damens undsättning. Han skrapar ut den svarta leran ur krukan. Marje får lera från kusinens egen hand! Hon börjar täcka sig med den, men den flitiga kusinen tänker inte ligga på latsidan. Han hjälper Marje medan hon fortfarande har kvar några vita fläckar på sin i övrigt lertäckta kroppskarta. Dessa två arbetar fyrhändigt och ihärdigt. Jag och Fares tittar på. Tänk att han ser ut att vara tillfreds med att hans 'kusin' med sina närgångna, leriga labbar smeker just den dam som Fares Al-Thbean har haft kuttrasju med förra natten! Konstigt. Fares som är så stolt ... Hur kan det komma sig!? Det stämmer inte. Någonting här står inte rätt till, gissar jag.

- Jag vill göra Fares svartsjuk, upplyser Marje när ingen hör.

- Funkar det, tror du? viskar jag tillbaka och tänker: Sällan!

Under tiden står jag bara där, processar den jordanska logiken där man hellre är svartsjuk på sin dams taxiförare än på hennes beundrare...

Nu är det bara Marjes ansikte som är kvar och kusinen jobbar på det och fyller i svarta strimlor. Nu kan man lätt förväxla Marje med en tiger. Hon ler mot kusinen och helt plötsligt lyfter hon upp sina armar. Det som följer blir faktiskt mycket vackert. Marje sätter igång med någon sorts uppvisningsgymnastik med denna Döda Havets strandremsa som sin arena. Marje kallar det hon nu presterar för Yoga. Jag skulle kalla det för en serie kroppsövningar med element av Pilates och Yoga. Dock bygger de båda på en kontrollerad andning. Det som görs av Marje går i sådant raskt tempo att hon inte hinner andas kontrollerat. Men strunt samma, vad det än är hon presterar, gör hon det med stil.

Hon uppvisar både god balans och rörelseprecision. Hennes kropp är en gymnasts, hon är en fröjd för ögat och inte enbart för mina ögon. Alla på stranden tittar på och beundrar henne, även de som fortfarande är i vattnet tittar på Marjes föreställning och undrar och häpnar. Jag tror att Marje skulle kunna ha blivit en professionell gymnast eller dansös, istället för att utföra sina vackra piruetter i Familjerättens regi. Det har hon gjort under de senaste åren. Jag är helt övertygad om att hon utför sitt arbete med stil. Men är det Marjes riktiga livsuppgift? Förmodligen inte. En halvtimme senare badar vi bort leran i havet, duschar på stranden, byter till varmare kläder och vandrar mot bilen. Enligt någon underlig jordansk sed går Fares tjugo meter före oss. Jag har hört att samurajkvinnor brukar följa i sina mäns spår, sju steg efter. Det här måste vara något liknande.

Vi lämnar kusinen på stranden. Jag misstänker att han tänker 'fiska' vidare där. Jag tror att Fares planerade att vidarebefordra någon av oss två till kusinen. Men planen gick i stöpet så vitt jag vet. Där uppe på berget vänder vi oss mot Havet och vinkar adjö. Min väska har blivit lättare och Marjes tyngre. På tal om väskor erbjöd sig Fares att bära min väska, inte Marjes. Jag ser hur väskan tynger hennes axel. Jag vill hjälpa och provar att lyfta hennes väska med ena handen. Marje säger:

- Det är okej, jag kan bära den själv.

- Vad har du där? Den var inte så tung innan.

- Jo, det är några stenar från Döda Havet, skrattar Marje.

- Jaså. Jag har också plockat upp några få stenar, men tog bara med mig en. Den stenen är avlång, brun och liknar en kamelrygg.

Stenen levde och andades i min hand. Dock råkar jag glömma den på hotellet och minns den först när vi sitter på planet.

- Adjö Döda Havet! Farväl Stenen!

3

Fares Beduin

Fares Beduin

Tillbakaresan från Döda Havet blir i allt tvärtemot det jag hade hoppats på. Jag vet inte vad Marje förväntat sig av den. Förmodligen blev hon helt nöjd med att vara vid Havet och upp till brädden fylld med upplevelser. En gång sa hon till mig att det sedan länge hade varit hennes dröm att besöka den platsen. För mig däremot var det inte nog. Döda Havet hade jag sett innan. Det jag såg fram emot var att uppleva de Romerska Baden. Det, att det för det mesta kändes kyligt på stranden och det att man måste anstränga sig och låtsas att det var okej, gjorde att jag hade en förhoppning om att vi på tillbakavägen skulle kunna värma oss i ett annat slags naturvatten, vatten som värmdes av berg.

Dagen innan hade jag i Elajas katalog sett ett par undersköna bilder på de Termala Baden. Där fanns färgfoton på både utomhus- och inomhusbad. Dessa vackert proportionerade utrymmen hade ett flertal små och större bassänger klädda med romersk mosaik. Några av dessa låg tätt placerade längs höga bergsklippor. Varmt vatten forsade ner ur berget i kaskader och fyllde bassängerna. Där fanns också bilder på vackra inomhussalar som hade större bassänger i centrum.

Dessa låg i en inramning av höga stenkolonnader. Salarna inrymdes i grottor. Jag längtade efter att få sträcka ut mig i en sådan varm pool och flyta där omgiven av de resliga pelarna. Jag ville uppleva hur det kändes att vara en badande romersk medborgare under Antiken.

Det var det som jag förväntade mig nu av Fares. Han skulle köra oss till Jordaniens nästföljande underverk. Men så enkelt var det inte. Nu märktes det tydligt att Fares ville köra oss raka vägen till våra hotell i Aqaba. Först och främst var det hans kroppshållning vid ratten som förrådde honom. Jag sitter nära Fares i framsätet och Marje ligger utslagen i baksätet. Utan synlig framgång försöker jag påkalla Fares uppmärksamhet. Han har lovat att köra oss till Baden, men nu är han sluten och verkar inte lägga märke till mig. Och det jag nu funderar över är detta: Är bilen på väg åt rätt håll? I vilken riktning ligger egentligen Termala Baden? Har Fares någon aning om var Baden finns? Han fortsätter nonchalera mig. Jag ger inte upp.

Nu förstår jag varför han gör så. Både igår och i morse hade jag poängterat för Fares att utflykten till Döda Havet absolut måste inkludera Termala Baden. Jag rent av deklarerade att jag redan sett Döda Havet, och att jag inte skulle följa med på resan om vi inte också skulle få se baden. Jag tjatade om bilder i färgkatalogen och om hur viktigt det var för mig att få se dem i verkligheten. Först nu insåg jag att han under hela tiden trodde att vi, efter att ha varit vid Havet, skulle glömma de romerska baden. Marje, måhända. Men inte jag! Aldrig! Nu gäller det! Jag bokstavligen skriker i hans öra. Han vänder på huvudet. Visst vet han var baden ligger, svarar han nonchalant.

- Säg då var någonstans!

- Häråt, längre bort på den här vägen, svarar han och nickar framåt.

Motorvägen är spikrak, framför oss syns det inget som liknar något bad. Tror han att han kan avleda min uppmärksamhet som man gör med små barn?

- Är det nära? Hur långt är det kvar?

- Inte så långt, svarar han och undrar om klockslaget.

- Varför undrar du? När stänger de?

Fares säger att han tror att de redan har stängt.

- Vad?! vrålar jag för att överrösta motorn. Klockan är inte ens halv fyra! Kör mig dit fort som attan, så får jag se för mig själv, säger jag och Fares nickar.

Vi fortsätter samma väg och jag har en obehaglig känsla av att Fares inte har den blekaste aning om varken var baden finns eller om de har öppet eller stängt. Så är det nog.

I största allmänhet tycker jag inte om att bli lurad. Vem gör det? Min åsikt är att det är väldigt ohälsosamt för en människa att bli vilseledd. Aldrig misstänker jag i förväg att någon vill föra mig bakom ljuset. Jag litar på folk och blir sällan sviken. Jag är ovan vid det. Därför, om och när jag har på känn att jag är på god väg att bli sviken, blir jag rent av desperat. Det resulterar i att jag med alla tillgängliga medel försöker förhindra sveket. Det är aldrig bra varken att svika andra eller själv bli sviken. Båda parter förlorar på det, så det är inget bra utspel. Nu försöker jag förhindra Fares från att svika mig. Därigenom står jag lika mycket på hans sida som på min egen. Jag är opartisk. Men det förstår inte Fares just nu.

På det stora hela tycker jag om Fares. Marje säger att jag och Fares är lika. Vad är det hon menar? Men när jag träffade Fares förra året kändes det på något sätt tryggt och mysigt - att vara här i Jordanien och känna honom. Fares är Jordanien. Fares är den jordanska öknen. Fares är beduin.

Förra året efter vårt första möte i Petra föreslog jag till Marje att låta Fares ordna vår utflykt till Wadi Rum. Det är den delen av öknen där en engelsman, som efteråt kallades Lawrence of Arabia, år 1916 samlade arabiska krigsstyrkor för att genomföra ett uppror mot dåvarande Ottomanska Imperiet. Vid den tiden var han till yrket militär, diplomat och arkeolog och bara tjugoåtta år gammal. Hans riktiga namn var Tomas Edward Lawrence. 1922 blev han även pilot vid det engelska flygvapnet. Han skrev en bok som blev publicerad 1938, ett år efter hans död vid 47 års ålder. Den boken heter Visdomens Sju Pelare.

Den gången körde Fares oss till den klippa i vars skugga T.E. Lawrence satt under förmiddagarna och skrev ner sina memoarer som senare blev en klassiker. En eftermiddag åkte vi alla tre på utflykten, Marje, hennes son Jonas och jag, med Fares som guide. Vi mötte solnedgången vid Lawrence av Arabiens klippa. Vi tog av våra skor och klättrade uppför de höga sanddynorna. Det var inte lätt, för att så fort som man tog ett steg uppåt med ena foten åkte man neråt med den andra. Men när vi klättrat ända till toppen kunde vi uppleva en enastående utsikt över hela den oändliga öknen. Den gigantiska nedåtgående solen färgade sanden i en mångfald av gulröda nyanser. Det var en fantastisk upplevelse.
Där satt vi: Marje, Jonas och jag. Fares överraskade med att erbjuda oss healing i tur och ordning. Det gick så till att Fares placerade sina handflator på våra huvuden, och man blev omedelbart lugn och avslappnad. Det tyckte jag var storartat av Fares! Då tänkte jag för mig själv: Se där, ensam åker jag till gamla Petra och vem plockar jag upp därifrån om inte en beduin-healer!

Det var då det. Den här gången känns Fares mycket annorlunda. På vad sätt? Självupptagen, distanserad, affärsmässig, okänslig för sina klienters/vänners behov. Nu var Fares allt det som han inte var förra gången. Den här gången verkar han med nöd och näppe stå ut med oss, varken mer eller mindre. Förra gången kändes han för mig som en återfunnen vän från det förflutna. Nu upplever jag honom som en opålitlig motståndare i ett spel utan regler. Spelet är hans, inte mitt.
46

Och jag vill helst undvika att spela med. Vad har förändrats under de senaste elva månaderna? Jag kunde se två alternativa anledningar till hans nyvunna beteende: Den ena var att nu tyckte Fares att vi kände varandra så väl att han inte längre behövde låtsas. Den andra skulle kunna vara Marje.

Cherchez la femme! säger fransmännen i sådana fall. Och Marje är en riktig kvinna. Hon är inte alls lik mig som har en hel uppsättning av de manliga egenskaperna. Men hur som helst, nu är Fares barsk och butter. Jag försöker vända och vrida på verkligheten för att återställa den forna lättsamma och hjärtliga stämningen. Jag frågar Fares varför är han så sur. Och han svarar att han har väntat på oss hela dagen vid Havet. Nu vill han leverera oss till Aqaba för att sedan fortsätta mot Petra där han hör hemma.

- Det är en lång väg dit, menar han.

Jag påminner honom om det han hade sagt oss förut, att de Termala Baden ligger efter vägen. Var är de då? Han har ju lovat att vi skulle få se båda platserna. Jag påminner honom om hur han och jag träffades förra året, hur han då hade pratat om sin heder och att man alltid kunde lita på honom. Både igår och i morse har han lovat mig att jag skulle få se de romerska baden! Dessutom, säger jag, vi betalar ju dig för utflykten, precis som vi skulle ha betalat Elaja om det hade blivit han som kört oss istället.

- Vi skulle tagit den gröna taxin, säger jag bittert. Då skulle det inte bli något tjafs.

Påminnelsen om den olycksdrabbade taxiföraren verkar ta skruv. Fares stannar bilen, öppnar bilfönstret och ropar några ord på arabiska till en förbipasserande man. Mannen vinkar i färdriktningen. Vi fortsätter framåt och Fares säger att han fick veta att baden ligger en bit bort till vänster. Dock misstänker han att de redan har stängt för dagen och att vi inte kommer att bli insläppta.

- Jag tycker ändå att vi ska göra ett försök, säger jag och ser samtidigt en stor grupp lokala människor. De vandrar neråt på den vänstra sidan av vägen. Inte en enda kvinna i sikte. Trevligt nog har nästan alla dessa män handdukar om halsen! Ett fåtal saknar handdukarna och bär på plastpåsar istället. Jag gissar att alla kommer från badet och jag får en sugande känsla i magen. Jag anar att det bad som de kommer ifrån måste vara något helt annat än de antika baden. Osis. Att det ska vara så svårt. Jag meddelar Fares att det här måste vara ett allmänt bad, och inte det förhistoriska bad som jag syftat på. Fares är helt cool. Han säger att det inte finns några andra bad i området och att det måste vara just det badet som jag menade.

Jag förstår, han vill slippa undan! Det, att han inte vet vart han ska åka, är inte hela världen. Men att han inte ens brytt sig om att ta reda på platsen igår kväll efter vi träffade överenskommelsen, utgör ett riktigt dilemma. Han måste ha planerat att slippa ifrån, dock blir det inte så lätt gjort med mig i framsätet! Jag fortsätter kämpa för vår sak, medan Marje i baksätet håller sig tyst som en liten mus. Jag ber Fares att köra till ingången, där får vi se. I det allmänna badets reception hoppas jag att få skaffa mig en något så när vettig upplysning. Fares gör en tvär vänstersväng och vi kör uppför berget. Vägen blir allt smalare och till slut kommer vi till en mur som löper tvärs över färdriktningen.

Nu finns det inget annat att göra än att stanna bilen. Fares och jag kliver ur. Framför bildörren ser jag en man, ett barn och en rektangulär äkta matta som är utlagd i gräsgläntan bland buskarna. Den visar sig vara en bönematta och mannen som står bredvid ser ut att just ha avslutat sin bönestund. Runt omkring oss ser jag slingrande växter, taggigt buskage, höga träd. Det ser ut som vi plötsligt hamnat mitt i skogen.

- Nu vet vi åtminstone åt vilket håll heliga Mecka ligger.

Det förstår jag av mattans markposition. Men tyvärr kan det inte hjälpa oss i vårt sökande efter baden, spiller jag min besvikelse till Marje.

Hon rör sig inte ur fläcken medan Fares pratar arabiska med mannen och jag irrar runt och undersöker terrängen. Stället ser hopplöst ut, inte en tillstymmelse av någon byggnad eller reception eller någonting annat som hör antingen den antika eller den samtida civilisationen till. Vi ger upp och vänder tillbaka mot motorvägen. Jag är missnöjd och den här gången tystlåten. Efter ett tag ser vi vägskylten. Det som står skrivet klingar bekant, det ser ut att vara samma platsbenämning som jag såg i Elajas katalog. Jag vill minnas att det var någonting som började på M och slutade på n. Visserligen är det inte mycket att hänga i julgranen men det är allt vi har för denna stund. Fares pöser förnöjt, vänder sig mot mig och säger:

- This is your Termal Waters! Are you satisfied now? Isn't your Fares good?

Jag blir genast gladare och ler uppmuntrande.

- Yes, this is great! And Fares is a great man! In case it's what we think it is.

Fares försäkrar att det måste bara vara den rätta platsen. Hurra! Det finns en ingång, en toalett och även en kassa som för närvarande är stängd. Vakten säger att vi får komma in ändå. Marje och jag springer ner till toaletten. Den ligger under jorden. För tillfället verkar stället vara övergivet, tecknet på det är avsaknad av toapapper. Marje och jag diskuterar livligt. Vi kommer fram till slutsatsen att även om stället utgör en termal vattenanläggning så kommer det inte i närheten av de välkända Romerska Baden. Osis!

Fares är kvar där uppe och umgås med vakten. Vakten pekar med handen i riktning mot ett aluminiumstaket. Nära staketet står en stor övergiven lerkruka med blommande pepparmynta. Jag plockar av ett finskuret grönt blad och tar in dess doft, det känns gudomligt. Doften gör att jag blir på bättre humör och alla tre rör vi oss genom den avgränsande gång som är fäst i en reslig kal klippa. Klippans textur påminner om grov krämfärgad sammet och bergssidan är så hög att man inte ser toppen. Klippan är riktigt vacker, det måste man erkänna. Den påminner om de klippor jag såg i Petra.

Nu ser vi vatten. Det rinner där nedanför i en cirka fem meter bred ström. Vi går och går längs bergssidan... Om ungefär tio minuter kommer vi fram till en låg klippavsats som skjuter ut från den övriga bergmassan. Där tar staketet slut och vi ser en metalltrappa som går ner mot vattnet. Vi ämnar fortsätta neråt för att känna på vattnet. Marje och jag är väldigt nyfikna om vattnet verkligen är varmt eller inte. Undersökningen skulle bestämt avgöra vårt nuvarande läge: Är denna vattenanläggning termal eller inte? Gaten till trappan visar sig vara låst, vi kommer inte längre än så här. Jag ger upp, klippan är brant.

Marje däremot gör ett försök att klättra nerför klippsluttningen. Men den är brant och Fares protesterar ljudligt. Marje älskar naturen och enligt hennes horoskop är hon Stenbock, det vill säga hon kan klättra på klippor. Men nu spelar Fares sin forna roll av den omtänksamma guiden. Den sidan hos honom har vi inte sett på ett bra tag. Marje envisas med att klättra ner en bit, trots Fares och mina gemensamma protester. Nu är hon där ett par meter under oss. Jag säger till henne att istället för att tänka på hur hon ska komma ner, bör hon tänka på hur hon ska komma upp. Att klättra neråt är ingen konst, man kan åka på sin bakdel, det är lätt.

- Det är omöjligt att klättra upp här, ser du inte hur brant det är, säger jag och är verkligen orolig för Marje.

Hon klättrar uppåt och tillsammans beundrar vi vattenanläggningen, varm eller inte. Fares envisas med att vattnet är varmt, men vi tror honom inte. Nu gör det faktiskt detsamma, för att nu förstår vi: Stället är inget annat än en modern byggnadsplats. Vattnet på vår vänstra sida rinner ut ur en smal ravin. Ravinen utgörs av resliga imponerande klippor. Dessa är så otroliga i sin prakt att man skulle kunna stå här och betrakta dem i timmar utan att tröttna. Till höger ligger en enormt stor stålkonstruktion. Den består av en bro och en grandios vattenanläggning. På stället där vi nu står, sker ett möte mellan naturkraft och människokraft. Naturen bygger både harmoniskt och ekonomiskt, något vi människor sällan lyckas med. Speciellt inte om vi vägrar lyssna till och anpassa oss till naturen, eller rent av bryter mot naturens lagar. Men själva mötet mellan dessa två världar kan många gånger tyckas vara mycket imponerande. Så är det i detta fall.

Sedan sitter vi åter i Fares bil. Nu är jag faktiskt på bättre humör. Ok, jag fick inte se romarnas byggverk och inte heller fick jag känna mig som en romersk matrona i en tidsenlig bassäng. Men istället fick jag se mycket annat intressant. Jag är fylld av olika upplevelser. Fares är också nöjd för att jag är nöjd. Marje säger att hon är trött och måste blunda en liten stund. Jag lägger över henne min tröja och vänder mig mot Fares. Nu ska vi två prata, just så som vi gjorde förra året. Och jag ställer frågor om Fares familj, han svarar.

Han berättar för mig att han har sju äldre systrar. Han talar länge om sin far. Fadern är Den Äldste i deras beduinstam. Han åtnjuter respekt av alla andra i bosättningen och anses vara en vis man. Fares mor är en mycket kraftfull och bestämd kvinna. Han berättar att hon bär gevär under sina svarta vida kläder. Och det gör hon jämt, akta er! Fares pratar om modern med kärlek, ömhet och beundran. I samma veva får jag reda på att Fares äger några kameler. Han sköter dem och han rider dem.

Det är intressant att lyssna till Fares. Trots hans spartanska engelska kan jag se framför mig allt det han beskriver. Jag blir som förtrollad. Det är ett annorlunda liv som jag inte vet någonting om. Det livet är så mycket närmare naturen än vi kan föreställa oss. Fares behöver inte några som helst bad eller övriga bekvämligheter för att vara lycklig. Men det behöver jag. Därför blir det genast en dissonans när jag, efter att nyss ha badat i havet, kräver att han ska köra mig till ännu ett bad. För

Fares har inte det Romerska Badet samma värde som det har för mig. För mig utgör romarnas ståtliga byggnationer spår av en förhistorisk civilisation som så småningom ledde till den nutida. Jag uppskattar komfort och är beroende av den. Romarna uppfann och utvecklade den allra först.

Jag är beroende av dessa bekvämligheter, dock gäller det inte för Fares. Men i likhet med honom uppskattar jag naturen och livet i det fria. Precis som honom sätter jag personlig frihet och oberoende högt. De som känner mig vet att jag håller fast vid min frihet så långt som det bara går. Det gör Fares också. Av den anledningen är jag och Fares lika. Det tycker Marje, det har hon sagt. Då borde det stämma.

Fares är trettioåtta, det har han sagt vid ett annat tillfälle. Jag passar på och frågar honom om inte hans mor önskar sig att hennes ende son skulle gifta sig. Han är ju den ende som kan fortsätta familjens arvslinje. Han skrattar:

- Det är klart att hon oroar sig för det! Så som hon tjatar...

- Men varför gifter du dig inte då? Finns det ingen kvinna som du skulle kunna gifta dig med och skaffa barn? Där träffar jag en öm punkt. Fares ansikte ändras.

- Mor vill att jag ska gifta mig med en beduinkvinna.

- Finns det ingen? En som skulle passa dig, en som du tycker om? Då berättar Fares att för tre år sedan blev han kär i en kvinna. Hon var inte härifrån. Han använder inte ordet 'love', utan 'I thought of her during a long time'. Jag gissar att i detta fall blev attraktionen allvarligare än han ville påskina. Förresten undrar jag: finns ordet 'kärlek' på arabiska? Eller har de flera ord för den företeelse som vi har ett enda svenskt ord för? På spanska har de många olika ord som utrycker kärlek med dess skiftande nyanser. Just nu tror jag att det inte finns några som helst arabiska ord som betyder 'kärlek till en kvinna', så som vi uppfattar den i västernlandet. Men det är inte säkert, jag planerar att ta reda på det vid ett senare tillfälle.

- Var bor hon då?' frågar jag honom.

- Hon är från USA, svarar han.

- Det landet ligger långt bort, säger jag och Fares suckar djupt och hans grepp om ratten blir fastare. - Men Marje då? Hur passar hon in i bilden? Jag kan bara inte låta bli att fråga. Hon sover ju där bak och hon finns ju här och nu. Genast blir det klart att det var en helt olämplig fråga. Den tidigare ljusa stämningen skiftar till en mörkare nyans.

- Marje..., säger Fares, du förstår ju att Marje och jag inte har någon framtid tillsammans.

Jag vet att han har rätt i själva saken. Dock är vår uppfattning om bakomliggande orsaker helt olika.

- Det där låter väldigt intressant, hör vi Marjes pigga röst från baksätet. Du kanske kan utveckla din tanke, Fares. Gör det, kära du!

Skit! Måste hon vakna just nu mitt i samtalet? Jag skulle ju redovisa allt för henne efteråt. Det vet hon att jag gör. Nu får vi inte veta något! Tokigt värre... reagerar jag inombords från min plats i framsätet. Nu blir Fares tvungen att försvara sig mot Marje. Det bådar inte gott! Han är ju så stolt. Han föredrar att spela cool. Och vanligtvis vill han ha en ledande roll i alla diskussioner för att förhindra att hamna i underläge. Nu funderar jag på hur jag skulle kunna lösa upp spänningen. Men jag borde ha vetat bättre.

Till och med nu ändrar Marjes inblandning samtalets upplägg. Istället för ett förtroligt samtal vänner emellan blir det något som liknar en förhandling i Familjerätt. Fares blir den svarande, Marje blir den kärande och jag är en mix mellan en advokat och en domare. Han tvingas att argumentera och försvara sitt handlande. Hon tvingas att lyssna och dra de rätta slutsatserna. Jag tvingas till att ömsom försvara de båda i tur och ordning, ömsom döma vad som är rätt och vad som är fel. Inte särskilt roligt, men så blir det i alla fall.

Nu är vi tre om samtalet. Jag vrider mig hundratjugo grader till vänster för att kunna se både Marje och Fares samtidigt. Jag säger:

- Nu är det dags för er att reda ut saker och ting. Och sedan mot Fares:
- Vad tycker du om Marje egentligen? Han säger ingenting och jag måste hjälpa honom på traven:
- Do you like Marje?
- Yes, svarar Fares. I like Marje very much..., but...
- Vad är det du tänker på då? Vad är det som är 'but'?
- Marje kan inte ge mig några barn, säger han efter en kort betänketid.

Där har Fares en poäng. För egen del tror jag inte att det skulle spela någon roll även om hon kunde det. Det är inte där man ska söka det svar som gömmer sig bakom Fares 'but'. Det som han vill påskina nu är hans mors argument, inte hans. Han hör inte till den typ som bryr sig om han får barn eller inte. Fruar och barn hör till det sekundära, det primära är Fares manlighet. Han måste följa sitt hjärta utan förbehåll. Betyder det att Marje inte har så värst stor plats i Fares hjärta? Förmodligen.

Marje tycker om Fares, men hon älskar honom inte. Vem är han för henne? En semesterflört med den exotiska beduinen? Något åt det hållet, tror jag. Det är trevligt att vara eftertraktad. Den vilde Fares har värmt Marjes hjärta under två vintrar. Han har ringt och sänt sms, visat intresset, fått henne att känna sig som en kvinna... Vi tackar för det, men har det stannat där? Inte. Nu är hon här igen för att antingen ge relationen näring och utveckla den vidare, eller för att upptäcka att den inte finns längre. Vilket av dessa två? Det vet vi inte än, men det lutar åt det senare.

En annan människas hjärta är ett mysterium. Jag begriper mig inte ens på mitt eget och ännu mindre på Marjes. Det jag inte förstår är varför hon fortfarande hänger med. Man

kan se, utan vare sig kikare eller mikroskop, att samtliga Fares
låtanden och göranden slår Marjes vackra illusioner i spillror.
Trots det fortsätter jag att kämpa tappert på den sida som jag
tror är den rätta, det vill säga Marjes.

- För en kvart sedan sa du till mig att du inte vill ha några
barn. Inte än, sa du, säger jag och minns ett liknande samtal
förra året i bilen, då Fares statuerade att han inte var intres-
serad av att skaffa familj. Han har ju redan en tillräckligt stor
familj att försörja. Hans far, hans mor och sju systrar - det bör
väl räcka för 'Al-Thbean Tours'! Efter att ha hört Fares säga att
han tycker om henne säger Marje med en för henne ovanligt
hög och säker röst: Jag tycker om dig också! Och Fares frustar
förnöjt. Vad säger du, kvinna! Har du ingen stolthet? Tänker
jag och säger:

- Om ni tycker så mycket om varandra, varför behandlar
Fares dig så nonchalant att jag skäms för er båda?
Och han frågar mig:

- Hur menar du att jag behandlar Marje? På vilket sätt?

- Jo, idag, till exempel, har du hjälpt mig att bära min väs-
ka, flera gånger. Marjes väska är också tung, varför hjälper du
inte henne med den? She is your girlfriend, not me!

- Det är för att du är en drottning! svarar han fort utan att
tänka.

-Vem är hon då? Säg det!

-She is Marje from Sweden, svarar han efter en kort paus.

Vi i framsätet fortsätter med vårt tête-à-tête-samtal. Fares
frågar mig om jag har några barn. Jag svarar att jag har två
barn, en flicka och en pojke. Fares undrar om min dotters
ålder och får svaret att hon är tjugo drygt. Då frågar Fares om
jag hade berättat för henne om honom.

- Det minns jag inte, det tror jag inte, svarar jag. Han und-
rar varför. Jag säger att min dotter inte är så intresserad av
mina vänner, hon har sina egna. Det tycker Fares är konstigt.
Och han frågar om jag tror att min dotter skulle tycka om

honom om hon fick träffa honom. Det blir en knepig fråga
för jag vill inte såra Fares och inte heller vill jag ljuga om vad
jag tror om den saken. Till slut säger jag att jag är osäker. Jag
kan inte veta vad min dotter kommer att tycka om honom.
Då frågar han om han får gifta sig med henne. Det blir bara
för mycket!

- Gifta dig? Du har ju inte ens sett henne! Han snappar ge-
nast upp att jag blev irriterad. Då byter han ämne. Men det är
bara vad han tror att han gör. Han frågar om inte också Marje
har en dotter.

- Sure, she has a daughter and she is really beautiful, säger
jag och ångrar mig genast. Nu vill Fares gifta sig med Mar-
jes dotter istället. Han undrar vad jag tror Marje kommer att
tycka om han nu friar till hennes dotter.

- Fråga henne själv! Hon sitter ju där bak. Nu är jag mäk-
ta irriterad: Fares har ingen skam i kroppen! Marje skrattar
ironiskt och är inte lika försiktig som jag hade varit när hon
utbrister:

- Min dotter kommer inte att tycka om dig! Det blir Fares
tur att bli negativt överraskad. Han undrar:

- Varför inte?

Jag väntar med spänning på hur Marje kommer att slingra
sig ut ur en pinsam situation. Just då får jag syn på ett vitt vad-
derat kuvert som sticker upp mellan sätena. Jag koncentrerar
mig på kuvertet och glömmer att lyssna till vad de två pratar
om. Samtalet blir alltmer tråkigt. Det är tröttsamt att lyssna
till Fares plattityder och Marjes intetsägande kommentarer.
Kuvertet däremot verkar vara intressant. Det saknar frimär-
ke och ser ut att tillhöra det svenska postverket. På grund av
mörkret utanför kan jag inte se så bra. Det skulle kunnat vara
antingen Marjes eller mitt kuvert som har ramlat ut ur nå-
gon av våra väskor. Jag tar upp kuvertet och känner att det
innehåller ett cd-omslag. Nu vet jag att kuvertet inte är mitt
och jag läser adressen. Det är Fares adress i Petra. Som av-

sändaren står ett kvinnligt namn med adressen i Holland. Nu ramlar polletten ner! Jag säger ingenting, jag vill inte såra Marje, för kuvertet visar att hon inte har ensamrätt på Fares Al-Salam. Jag vet att hon skulle bli illa berörd.

Efter min resa i Jordanien förra året ville jag sända Fares en pannlampa. Det är just den ägodel som varje beduin behöver som bäst. Det blir ju kolsvart i öknen vid sexsnåret, inga vägar och ingen belysning. Hur hittar de runt? Jag hade med mig en pannlampa under utflykten. Fares fann den intressant, bad att få låna lampan en liten stund, men sa inget mer. Det är för att han är stolt. Men jag begrep att en sådan lampa skulle han inte säga nej till. Strax efter jag kom hem inhandlade jag en pannlampa på Claes Olsson. Sedan tänkte jag skicka den till Fares, just i ett sådant vadderat kuvert. Jag hade inte Fares postadress, men Marje hade den. Hon gav mig aldrig adressen fast jag bad om den flera gånger. Jag tolkade detta som om hon inte ville att jag och Fares skulle ha kontakt. Det var helt okej, men nu skulle jag hålla tyst om det vadderade brevet. Jag sa ingenting och stoppade det tillbaka på samma ställe mellan framsätena.

Sedan satt jag där tyst och tänkte på Fares. Varför gör han så? Jag menar pratet om döttrar som inte ens närvarande. Menar han att döttrarnas mödrar inte längre är aktuella? Det verkar dumt, och Fares är allt annat än dum. Han borde veta att sådant kan såra. Vad var meningen med snacket om döttrar? På det här sättet förstör han de fina vänskapsband som knutits mellan oss. Min och hans tråd, den river han av ... Mina frågor var flera: Räknar han inte med att vi kommer igen? Vill han inte att vi ska komma tillbaka? Var han falsk redan den första gången i Petra? Spelar han ärlig och trevlig bara för att han ser oss som sina kunder? Låtsas han vara ens vän för att tjäna pengar? Ser han mig som vilken annan turist som helst, som bidrar till hans levebröd för att sedan försvinna för gott? Jag svarade själv på dessa mina frågor ja, nej, ja, ja, ja och åter ja.

Dessa jakande svar skulle väl också passa på flera andra av mina jordanska kontakter. Men så snart som jag implementerar dessa frågor och svar på Fares känns det inte riktigt rätt. Så illa ville jag inte tro honom om. Jag tänker på alla de 'extras' som Fares bjöd på. Jag minns hans goda mintte, hans healing i öknen och hur jag och Marje fick pröva på beduinutstyrsel vid en glödande brasa. Jag tänkte på hur han körde mig hem från WadiRum den natten jag hade min första dejt med Adam. Han skulle ha kört oss alla tre, men Marje och hennes son ville övernatta i öknen. Detta kom oväntat för Fares, först försökte han övertala mig att stanna kvar. När inte det gick körde han mig till Aqaba. Efteråt fick han åka hela vägen tillbaka till öknen för att kunna ta hand om mina kamrater.

Den natten glömde jag mina röda solglasögon i hans jeep. Jag kom på det två dagar senare, ringde honom och han kom in med glasögonen till hotellet strax innan vi skulle iväg till flygplatsen. Det kunde han ha struntat i om han ville. Vägen fram och tillbaka tog honom cirka fem timmar plus bensinkostnad. Nej, Fares har varit juste, ingen tvekan om saken. När jag lät händelsen med den utländska försändelsen passera var jag omedveten om att Fares hade uppmärksammat mig och att han tog illa upp. Dock visar han sin reaktion vid ett senare tillfälle.

Under tiden som jag sitter där och funderar, utvecklas Marjes och Fares samtal åt ett märkligt håll. Utan att kunna sätta fingret på hur och varför, kan jag bara säga att, från min sida av staketet, ser att min änglalika Marje väcker till liv de allra värsta sidorna hos Fares. Hon är helt omedveten om detta.
Det han håller på med nu avser att skapa en förödmjukande effekt. Jag kan inte tro mina öron. Den sidan av Fares har vi inte sett tidigare. Han pratar om diverse kvinnliga turister från när och fjärran som fallit pladask för honom. Han berättar att egentligen har han redan sålt sitt företag, men är fort-

farande skyldig en massa pengar till banken. Där syftar han på att han är för snäll för att ta tillräckligt betalt. Är det vårt fel, eller..? frågar man sig själv när man hör detta. Han klagar över att han, trots det faktum att han bor i Petra, är tvungen att ragga upp turister och köra dem runt hela Jordanien. Marje och jag är ju också turister. Det är så dags att inse det nu, om vi inte har kommit på det innan. Vart tog den vänskapliga stämningen vägen, den som fanns innan Marje vaknade?

Det får jag undra över och gissa mig till. Jag rycker in och försöker påminna om vår vänskap och ömsesidigt förtroende. Han svarar med att riktiga vänner inte brukar läsa varandras brev i smyg. Jag försvarar mig med att det kunde ha varit mitt eget kuvert eftersom det liknade ett svenskt sådant. Det vill inte Fares höra på. Jag säger att jag höll tyst om försändelsen för Marjes och hans skull. Han säger att det spelar ingen roll, för att han och Marje är inte tillsammans. På detta säger jag att så sent som i morse var de faktiskt tillsammans. Och att Marje hade rest till Jordanien för hans skull. Han svarar att detta är något som jag inte ska uttala mig om. Det är en sak mellan de två. Han vänder sig mot Marje för att få en bekräftelse.

Marje bekräftar inte det han ber om utan någonting helt annat. Nyss fick hon höra att Fares kanske har flera strängar på sin kärlekslyra. Då flyttar hon över till ett helt nytt ämne, vilket blir Fares kärleksfulla sms. Hon frågar honom om han brukar skicka liknande sms till alla sina kunder av det motsatta könet. Stackars Marje, jag känner henne väl vid det här laget. Hon är verkligen en fredsmänniska. Hon är snarare benägen att undvika konflikter än att framkalla dem. Sällan ställer hon frågor, men om hon någon gång gör det, då är det bara om saker som hon behöver få veta. Aldrig skulle hon fråga något i syftet att reta eller skämma ut. Nästan aldrig i alla fall.

Den oväntade vändningen irriterar Fares. Han svarar inte på hennes fråga för att han uppfattar den som intrång på sin integritet. Därför går han av stapeln och förolämpar oss båda med diverse vilda anklagelser. Jag lyssnar inte så noga, för att jag känner mig allt annat än träffad. Så jag tar över samtalet och försvarar Marje mot Fares förolämpningar. Och jag ger honom svar på tal så det duger. Till att börja med radar jag upp ett antal av dagens sekvenser vilka av oss två uppfattades som förnedrande. Jag ger honom ett perspektiv på hur det skulle uppfattas i våra hemtrakter. Fares lyssnar och ber om förklaringar varför var och en av dessa sekvenser uppfattades negativt. Då är jag tvungen att gå in på detaljer. Han lyssnar noga och vänder sig åter till Marje.

- Do you think the same as she? frågar han henne och nickar åt mitt håll.

Där har Marje sin stora chans! Han önskar att få veta och nu kommer han att lyssna. Men istället för att passa på och utbilda honom i våra galanta seder, brister hon ut som en blixt från klar himmel:

- Här sitter jag som på en teaterföreställning... Och vad jag tänker på är att ni två är varandra lika!

- Jävlar anamma, kvinna, är du inte riktigt klok?! Fares har aldrig varit på en teater. Han vet knappast vad teater är för något. Just nu behöver han få veta, i fall han inte visste det redan, varför hans göranden och låtanden sårar dig! Eller dess alternativ: sårar inte. Inte vet jag...

Under tiden upplever jag att Fares respekterar mig, oavsett vad jag eller han själv än säger. Men jag ser att han helt och hållet saknar respekt för Marje. Det visar han klart och tydligt och det retar gallfeber på mig. Nu har jag således bäddat att Marje fick sin möjlighet att banka vett i honom. Gör det då! Men det gör hon inte. Istället tar hon upp annat smått och gott vilket avleder Fares från dagens tema. Temat enligt min mening är respekt och ömsesidig uppskattning.

Tänk, vi stannar här i landet under några ynka dagar. Då ska man väl försöka att uppskatta varandra under tiden man har tillsammans. Efteråt får man se om det finns anledning att förlänga bekantskapen eller inte.

Men Marje avser inte att uppfostra Fares. Hon kan inte uppfostra någon, inte ens sina egna barn, syns det mig. Hon flyr från all uppfostran, inklusive sin egen. Marje bara är och så kan man också vara. Jag dömer inte utan verifierar läget. Jag konstaterar att vi människor är väldigt olika. Det är det som tillför vår värld dess mångfald! Mångfalden är toppen! Det är en åsikt som jag inte är ensam om. Trots att jag förstår mig på Marje och accepterar hennes särart, blir jag irriterad över att hon vägrar försvara sin kvinnlighet.

Jag vet att hon har sina principer, bland annat att inte 'våldföra' sig på andra. Jag däremot tycker till exempel att i extrema situationer är det vettigt att göra det, faktiskt. För att det är viktigt för andra att få veta vem de har att göra med. Jag kan 'våldföra' mina principer både på mig själv och andra, i den bemärkelsen att jag vill erbjuda människor valalternativ. Jag visar vem jag är, varken döljer mig eller slätar ut. Efter att ha avslöjat för andra vem jag är och vad mina premisser är, överlämnar jag åt dem att avgöra om de fortfarande vill umgås med mig eller inte. Det underlättar att definiera vem man själv är och se andras reaktion. Dock är det inte lika lätt att definiera Marje, om man inte iakttar henne riktigt noga under en längre tid.

Stackars Fares, han har inte den ringaste aning om hur Marje är beskaffad. Det som försvårar ytterligare är att hon verkar vara så 'easy going'. Jag menar att hon är behaglig att umgås med, mjuk och lyrisk, ungefär som den gelé som formar sig efter tallriken. Med undantag om man råkar trampa på hennes tår, för då drar hon sig undan och försvinner ur sikte. Detta gör att Fares tvingas testa henne om och om igen. Han är ett naturbarn, trampar henne på tårna men misslyckas med att framkalla någon som helst reaktion. Hon visar ju inget! Vad känner hon? Vet hon det själv? Hur vill hon att han ska vara mot henne? Man kan bli galen för mindre!

Just nu håller Fares på att bli riktigt galen. Och där förstår jag honom helt och hållet. Det tråkiga i allt detta är att hans frustration går ut över mig. Det ser inte Marje. Nu grälar vi friskt, Fares och jag. Nu är han en beduinkrigare! Lawrence av Arabien skulle bli grön av avund om han såg Fares i denna stund. Jag är tvungen att matcha honom och blir en krigare jag med. Det är för att kunna försvara både mig själv och Marje.

Till slut deklarerar Fares att jag inte längre är hans vän och att han aldrig vill se mig igen. Jag tar lätt på saken och är inte arg tillbaka: han är väl bara trött och frustrerad. Han brer på och säger att jag ska radera de foton som jag tagit på honom med mobilen. Jag säger 'gärna det' och plockar fram mobilen. Men det finns ingen belysning i kupén, så jag kan inte se telefonens meny. Jag säger att jag gör det senare och tar undan mobilen. Fares nöjer sig med det.

Nu kommer jag på att jag ännu inte har betalat min resa. Det leder till tanken att egentligen är jag Fares kund! Jag säger det högt och lyfter fram idén att som betalande kund förväntar jag mig minst av allt att bli kränkt under min egen utflykt. Då går Fares av stapeln och skriker att han inte längre vill ha mina pengar. Han behöver ingenting alls av mig, det ska jag ha klart för mig! Hans utspel gör att jag blir mindre snäll och säger att om det vore Elaja som tagit oss till Döda Havet, så skulle vi fått bada i de Romerska Baden och dessutom sluppit allt bråk! Det sista får Fares att växla om. Nu börjar han förolämpa Elaja istället.

- Han är en dåre och ni skulle säkert krocka om ni bara satt er i hans bil, avslutar han sitt anförande och strax är vi framme vid hotell Mövenpick.

Jag kliver ur bilen och Marje ska åka vidare. Fares måste leverera henne till Japanese Garden. Jag vet att hon har betalat sin del av resan tidigare och nu tänker jag betala min. Jag tar fram de överenskomna denarerna och sträcker pengar till Fares. Nu har han lugnat ner sig något så när. Först vill han inte ta emot. Det avslutas med att jag helt enkelt kastar dem i framsätet genom bilfönstret. Fares startar motorn och rullar ut från parkeringen. Jag vinkar till Marje menandes: Ta det lugnt!

Men jag vet allaredan att det är precis vad hon tänker göra. Idag är det tisdagen den tjugofemte januari. Astrologin säger att det är planeten Mars som regerar under alla tisdagar. Hos gamla greker räknades Mars som en krigisk gudom. Bland annat innebär det att under årets samtliga tisdagar har vi människor en större chans att hamna i trubbel än under resterande veckodagar. Under tisdagarna löper vi alla en ökad risk för att landa antingen i ett offensivt eller ett defensivt läge. Jag är född på en tisdag och det måste förvisso betyda att jag bör passa mig extra noga. Att vara tisdagsbarn innebär att mitt agerande i diverse situationer snarare blir aktivt än passivt.

Min karaktär präglas av Mars energier, starkare jämfört med andra som är födda på de övriga veckodagarna. Alltså löper jag större risk att komma i strid på tisdagarna. Men det finns inget ont som inte för med sig något gott. Det goda i det fallet är att jag också på en tisdag har större chans att bli framgångsrik i det som jag företar mig. Det är å ena sidan.

Å den andra råkar den tjugofemte januari vara min namnsdag. Detta är i rysk almanacka. I gamla tider ansåg man att just under en människas namnsdag har man en tillhörande ängel vid sin sida. Ängeln fick man först när man tilldelades sitt förnamn. Förr i tiden kostade det åtskilligt att bli döpt av en präst i en kyrka. Ju rikare föräldrarna var, desto fler namn fick deras åkomma. Det troddes att med varje extra förnamn ökades barnets skyddsänglar i antal. Detta var orsaken till varför adelsbarnen döptes till ett flertal förnamn i jämförelse med böndernas barn.

Hur som helst: det att jag och Fares stridit på min namnsdag gjorde att dagen inte slutade alltför otrevligt. Det gick relativt bra att gräla med Fares. Jag kommer på allt detta då min namnsdag är nästan slut. Jag förvånar mig inte längre över dagens utmaningar. Vi har tisdagen att skylla på. Men ska det nu sluta så här? Vi får väl leva och se.

Egentligen tycker jag om Fares. Jag känner mig besläktad med honom, även efter allt det som har hänt. Jag letar efter både ursäkt och orsak till dagens agerande. Det kan vara så att de jordanska invånarna inte är vana vid att vi, som bor så pass långt bort, kommer hit mer än en gång. Den andra gången är vi inte längre så borttappade och naiva. Vi vet vilka platser vi redan har sett och vilka fler vi önskar att besöka. Vi vet vilka av de lokala tjänster som vi verkligen behöver och vad som utgör en skälig betalning för tjänsterna. Vi är inte längre så blåögda och tillitsfulla som vi varit under första besöket. Det blir allt svårare att hantera oss vårdslöst eller föra oss bakom ljuset. Det är för att nu är vi inte längre varken aningslösa eller ansiktslösa turister, vilkas enda förmån, från lokalbefolkningens sida sett, är att bidra till en jordansk näringskedja. Det, att Marje och jag kom tillbaka, betyder ju att vi uppskattar landet.

När man ser oss för andra gången uppgraderas vi, nu är vi vänner. Vännerna representerar den andliga näringen. Denna uppgradering förändrar inställningen. De lokala människorna hjälper oss att uppleva sitt land, och självklart vill de ha betalt för tjänsterna. De har gjort det till sitt arbete, de lever av turism. Men man brukar inte ta betalt från sina vänner när man hjälper dem med saker och ting. Vår uppgradering skapar de inre konflikter som båda parterna har svårt att hantera. Därom ligger förklaringen till varför det blev så annorlunda för oss den här gången. Marje och jag stannar veckan ut. Ingen av oss kommer att få träffa Fares fler gånger.

Var det den allra sista gången jag såg honom? Eller får jag träffa honom igen i framtiden? Vem vet. Kanske. Jag är i alla fall inte besviken på Fares. För min del får han förbli precis som han är nu:

Jordaniens heta jord -

Tvättäkta Beduin från det antika Petra.

4

Inbjudan till Sex

Inbjudan till sex

Sex, sex... och åter sex. Och våga inte påstå att seXet är överdimensionerat. Jag kommer inte tro det i alla fall! Nyligen har jag hört rykten om att vi här i Norden inte har tillräckligt med sex nuförtiden. Den nedslående konsekvensen är att det föds färre och färre barn! I en snar framtid kommer vi att bytas ut mot andra slags folk som idag äger mer talrika barnaskaror. Till detta hör att till skillnad från många andra länder får vi ha sex närhelst vi vill. Det är tillåtet och accepterat, inga begränsningar varken av social eller moralisk karaktär. Bara man undviker att såra andra.

Här i västerlandet behöver vi inte heller koppla sexnjutning till barnafödandet. Vi har preventiva medel, och tänk bara på dagen före- och dagen efter-pillren, vilka tar bort de mest utslagsgivande följderna. Men av någon mystisk anledning är vi, genomsnittsmänniskor, rädda för allehanda före- och efterkomplikationer. Med det menar jag olämpliga eller jobbiga relationer. Däri ingår till att börja med en eventuellt krävande dejting och därefter följer ett självpåtaget ansvar för välbefinnande hos en annan person av motsatt kön...

Vi drar oss undan från att ha sex, det blir lugnast utan. Hurra, man slipper extra ansträngningar som ligger utanför ens befintliga livsprogram. Vissa säkra källor påstår att det är enbart de monosexuella som åtnjuter sex. Det måste betyda att dessa utvalda människor inte är rädda för konsekvenser. Hur kommer det sig? Och vilken paradox! Det är ju just de som har åtminstone en innestående orsak att vara ordentligt oroliga!

I de flesta fall utgör våra rädslor ingen giltig ursäkt för att inte ha sex. Men säg det till mig då jag råkar observera ett till synes passande maskulint exemplar. Hör jag det - vänder jag både ett dövt öra och ett blint öga till. Gud nej, jag orkar inte med flera problem. Jag har varit där förr! Jag slår vad om att denna mitt maskulinum tänker precis som jag, när han besvarar min förstulna blick genom ett par av sina egna, åt mitt håll riktade, uppskattande blickar. Ifall vårt slumpartade möte inträffar på tunnelbanan kliver en av oss skyndsamt av tåget vid nästkommande tunnelbanestation. Som resultat förblir jag singel och fri. Och det gör han förmodligen också.

Däremot, när man reser neråt jordklotet mot varmare breddgrader, agerar man i en liknande situation på ett annat sätt. Man beter sig som någon annan och man förvandlas till en annan människa. Jag blir det i alla fall. Se på mig nu - jag förändras så fort jag kommer ner! Här ser livet annorlunda ut. Sex utan äktenskap eller utanför äktenskapet är strängt förbjudet. Det är dock tillåtet för manfolket att besöka prostituerade eller se på porr. Stackars dom. Men just för att det är så svårt att åtnjuta sex blir sex mellan man och kvinna mycket mer uppskattat. Det är klart: en sällsynt vara värderas mycket högre än en som förekommer ofta. Det kan man förstå, det är bara logiskt.

En ensamresande västerländsk kvinna i arabvärlden uppfattas som en tilldragande korsning mellan en drottning och en hora. Drottning, tack vare att hon utstrålar självständig-
70

het och integritet. Hora, tack vare sin till synes öppenhet och
följaktligen en förmodad tillgänglighet. Egentligen är det för-
stås en synvilla, en skenbild. Men den sinnebilden är kraftfull
och djupt förankrad, den uppskattas som trovärdig på den
södra delen av jordklotet. Sinnebilden förvandlar oss, ensam-
ma kvinnliga resande, till sexobjekt. Det spelar ingen roll om
man är ung eller äldre.

Marje säger att hon förstår ingenting:

- Där hemma går man året om och ingen lägger märke till
en och ingen bryr sig om en. Här känner man sig verkligen
uppskattad!

Just det, uppskattad blir man. Men om man tänker efter
vad som döljer sig bakom en sådan uppskattning... Det är nå-
gonting som Marje inte bryr sig om, bara hon blir uppskattad!
Men det gör jag, jag bryr mig om det. Här har vi orsaken till
att jag går omkring som en vandrande riddare i en åtsittan-
de rustning med svärdet i högsta hugg. Mitt rödskimrande
hår är min riddarhjälm. Min topp är min brynja. Att jag för
övrigt är kort och kurvig hjälper inte de manliga beundrare
som ser mig som ett lätt byte - en kvinna. Så akta er ni bara!
Jag hugger till! Männen flyr åt olika håll. Marje tycker att det
är oartigt:

- Dessa män är ju bara hjälpsamma - de vill oss väl!

Jag är av en helt annan åsikt. Först och främst bör de upp-
täcka en människa i mig. Sedan kan de utvärdera mig enligt
mina mänskliga kvaliteter. Och om de godkänner mig som
en individ, får de gärna upptäcka mina andra sidor, inklusive
min kvinnlighet. Denna utvärderingsprocess kan avlöpa på
nolltid. Och den bör vara ömsesidig. Alla mina bekantskaper
måste börja i den rätta änden, annars få det vara. Något an-
nat vägrar jag vara med om. Man varken gör förbehåll eller
undantag för kulturella skillnader. Och man ska inte heller
använda dessa differenser som ursäkter. För mig gäller detta

runt hela jorden, även i Fjärran Östern och i afrikanska länder. Människorespekt framför allt! Jag vill att de ska se mig för den jag är, istället för en generaliserad bild av en solitär kvinnlig turist.

Adam hittade jag förra året i Aqaba på ett dykcenter nära vårt hotell, som var allt annat än femstjärnigt. Att jag överhuvudtaget träffade honom var tack vare Marje.

Morgonen före hade vi snorklat tillsammans på South Beach. Marje, som inte hade egna fenor, lånade mina. Jag brukar inte låna ut min dykutrustning, men den här gången gjorde jag ett undantag. Marje är mycket längre än jag och ser ut att ha små fötter. Men hon har faktiskt större fötter än man kan tro. Detta uppdagades när jag fick mina fenor tillbaka. Båda var sönder i fästet. Jag blev desperat. Snorkling och dykning var ju huvudorsaken till att semestra i just Jordanien. Marje log bara blygt och sa: Hoppsan! Hon sa inte ens förlåt. Alltså blev det dags att leta reda på nya grodfötter.

Framförallt var jag irriterad på mig själv för att ha brutit mot den gyllene regeln att inte låna ut min utrustning till någon, och jag blev sur på Marje som inte rörde en fena för att ersätta förlusten. Kvällen därpå gick jag runt Aqaba på jakt efter nya grodfötter. Det visade sig vara svårare än jag trodde. Det fanns flera dykcentra där de hade uthyrning, men ingen försäljning. Till slut hittade jag en shop som inrymdes i ett dykcenter nära mitt hotell. Butiken var stängd, men i det dunkla skyltfönstret såg jag ett par snygga fenor. Jag var tvungen att återkomma följande kväll.

Den dagen hade jag min utflykt till Petra. Resan dit var omvälvande. Jag återvände till hotellet halv åtta och kände mig helt slutkörd. En hel dag tillbringad på land utgjorde den verkan att jag suktade efter havet. Om jag ville snorkla morgonen efter måste jag skaffa mig ett par dugliga fenor. Nu var klockan mycket och jag skyndade iväg till butiken. Tursamt nog var den fortfarande öppen. Jag gick in. Så fort jag var inne kändes det genast på något sätt hemtrevligt. Jag observerade att expediten som syntes längst in i lokalen var stor till växten. Sedan glömde jag att han fanns och ägnade mig åt diverse annat. Jag visade inget intresse för honom, först i senare skede. Här fanns så mycket annat som pockade på min uppmärksamhet, bland annat fenor av alla möjliga märken i diverse utföranden. Jag gick runt ett tag och var hårt koncentrerad på att hitta fenor av den rätta sorten.

Butikskillen kom fram till mig. Han reste sig över mig och frågade vad jag letade efter. Ser han inte att jag tittar på fenor? Här måste det väl vara helt klart vad jag letar efter... Jag svarade att ännu behöver jag inte hans hjälp. Han avlägsnade sig. Jag vet ju vad jag vill ha, det vet inte han!

Inte vill jag ha fenor som är extremt långa. Med ett par sådana på kan man trassla in sig i sjögräset eller råka komma åt några koraller. Jag vill ju ha en fenlängd som är lagom för att kunna röra mig ledigt. Långa fenor behöver man om man vill röra sig fort genom vatten. Snabbhet är det sista jag behöver då jag spanar på mina fiskar. Jag vill inte heller ha fenor med rem och spänne. Dessa brukar torka ut och gå sönder efter ett litet tag. Det näst värsta som kan hända en under vattnet är att tappa en fena. Så jag önskar mig en fena med insänkt sko. Alltså står jag där och funderar, när expediten återvänder med en sådan där extralång fena i handen.

- No thank you, morrar jag, och vänder mig bort från honom. Han vill inte ge upp, går iväg och plockar åt sig en annan fena som har ett spänne. Jag stoppar honom med bara blicken på halva vägen.

- That is just the wrong type, thank you, säger jag. Let me find the right one myself.

Han drar sig undan igen. Vilken tid det tar, tänker jag för mig själv. Han kanske vill stänga. Jag känner mig stressad. Då går jag fram till skyltfönstret och plockar åt mig den fena som jag hade sett innan utifrån gatan. Märket är italienskt. Där har de lång erfarenhet av funktionell design. För övrigt ligger Italien vid Medelhavet, då måste de vara duktiga på dykar-utrustning.

Jag promenerar till disken och sätter mig på en stol för att prova den italienska fenan. Den är riktigt tjusig: lagom lång, inbyggd sko, färgen är mörkgrå med citrongula ränder. Killen sänker sig ned på knä framför mig. Han envisas med att hjäl-pa mig sätta på fenan. Att ta på en torr fena innebär en reell utmaning. Speciellt om man har vandrat i Petra hela dagen och ens fötter är trötta och svullna. Jag vill inte att han ska röra vid den svettiga foten så jag tackar nej till hjälpen och böjer mig ner. Jag håller i fenan med båda händerna och pres-sar ner foten. Usch, jag flåsar. Det är inte lätt!

Killen insisterar.

Med en elegant och försiktig rörelse tar han fenan ifrån mig och viker ut kanten ovanför hälen. Med sin ena hand tar han varsamt i min fot och stoppar in den i fenan, vilken han håller fast med den andra handen. Under tiden tittar han på mig. Hela proceduren känns som en andakt. Nu är min fot på plats och den verkar må bra. Jag pustar ut efter ansträngning-en. Som en blixt från en klar himmel undrar han plötsligt hur gammal jag är. Hoppsan!

- Vad har det med saken att göra? Jag säger det högt. Han säger att han förstår att jag är inte precis tjugo, men...

Med andra ord får han mig att förstå, att trots min mogna ålder ser han mig som en fräsch, livlig och behaglig kvinna. Jodå, inget nytt under solen. Den reaktionen får jag med jäm-na mellanrum. Det är alltid trevligt och smickrande, men jag har också blivit immun. Nu rör han sig försiktigt runt mig som katten kring gröten. Men så som han ser ut... Hans bete-ende gör mig förbluffad. Killen är under trettio, ståtlig, ser bra ut. Jag däremot.... är bara trött. Jag är så till den grad förvånad att jag tror mig ta miste på hans avsikter. Det gör att jag genast glömmer hela saken.

Jag säger att jag önskar köpa de italienska fenorna om han kan ta fram maken till den redan befintliga fenan. Killen försvinner in i förrådet. I väntan på den andra fenan behåller jag den första på. Försäljaren, som tidigare presenterade sig som Adam, håller sig borta en ganska lång stund. Under tiden reflekterar jag över vad det är som pågår. Och vad är det som händer egentligen? Den frågan ställs till mig själv. Jo, jag håller på att köpa nya fenor, svarar jag till mig själv. Men det är faktiskt bara en del av sanningen. Först nu börjar jag bli medveten om en viss spänning i min kropp.

Så brukar jag inte känna när jag är ute på mina köprundor. Under de omständigheterna kan jag ibland känna ett visst tryck i huvudet, dock aldrig i resten av kroppen. Nu sitter jag här ensam och reflekterar över dessa udda ögonblick då Adam fanns med i rummet. Jag återupplever hans ståtliga gestalt på avstånd, så som jag uppfattade honom allra först från butikens dörröppning. Jag genomlever hans förvirring, när jag med min sidoblick ser honom irra runt bland butikshyllor på sök efter fenor. Jag erfar en försiktig beröring mot foten när hans smala avlånga fingrar fattar om mitt högra ankelben. Jag ser hans sneda ögon och hans blyga leende när han ser upp till mig och undrar om fenan känns bra.

Usch, nu börjar jag skaka i hela kroppen av någon underlig anledning... Just då återvänder Adam till rummet med en motsvarande fena i handen. Då låtsas jag som ingenting. Jag säger att prova vidare inte är nödvändigt - paret passar perfekt. Jag är nöjd så. Jag frågar om det är möjligt att betala med Visakort.

- Tyvärr, svarar han. Idag kan han inte ta emot kortbetalningar. Och han hänvisar till närmaste bankomat. Jag knallar ut och ställer mig vid bankomaten. Jag har lämnat glasögonen bakom mig och inte har jag på mina linser heller. Osis! Jag ser att de stora talen står på arabiska och de mindre, de som jag inte kan se, är arabiska! Vilket jävla skämt! I västerlandet använder vi arabiska siffror för att räkna, men vi kan inte uppfatta dem om de blir nedskrivna med arabiska tecken. Jag tänker rätta till min bristande kunskap så fort jag bara får tid. Nu börjar jag räkna från vänster till höger vilken knapp motsvarar den efterfrågade siffran. Sedan stoppar jag in kortet och trycker in koden. Vilken tur att Nordeas kod endast innehåller fyra siffror! Jag klarar av uppgiften, de jordanska denarerna spottas ut. Under tiden spelar bankomaten en behaglig arabisk melodi. Det finns alltid något nytt under solen, konstaterar jag och skyndar tillbaka till butiken.

Adam är vid disken och väntar på mig. Jag delger honom mina svårigheter vid den musikbegåvade bankomaten. Hans blick uppmärksammar mig och han plockar fram en liten gul post-it-lapp. Han fattar en penna och, se där, han skriver ner alla tal mellan ett och tio. Han placerar dem i två kolumner: 1-5 och 6-10 jämte de motsvarande arabiska tecknen. Se där, nu har jag fått sifferöversättning! Jag kunde väl googla det på nätet, men det här sparar tid.

När vi ändå är inne på siffror vågar jag fråga om han kanske kan ge mig rabatt. Detta för att mina vackra fenor är påtagligt dammiga. Den ena av dem har legat i skyltfönstret ett bra tag. Jag säger att om det var Sverige skulle jag definitivt erhålla rabatt. Adam svarar ursäktande men bestämt att butiken inte är hans, han bara jobbar här. Jag accepterar och sträcker fram denarerna. Det finns ingen kassaapparat. Adam stoppar pengar i egen byxficka.

Nu kämpar jag med min längtan att komma i säng. Och det så fort som möjligt! Jag känner mig oerhört trött. Men jag är också nyfiken. Jag tycker att Adam inte alls verkar platsa i någon butik. Absolut inte! Jag frågar om han möjligen studerar. Han svarar att han för ett år sedan avslutade sina studier på Kairo Universitet.

- Vilken linje hade du gått då?

- Ekonomi och juridik.

Hoppsan, det var inte dåligt. Det tänker jag, men det säger jag inte.

- Vad är ditt mål i livet, frågar jag och väntar på svaret. Det som kommer efter en liten paus får mig att hoppa till:

- To receive a Nobel Prize in Microeconomics!

Adam berättar vidare att han dessutom är certifierad dykare. Det är anledningen till att han jobbar i just den här butiken. Han talar om för mig att i morgon bitti kommer han att genomföra sin Divemaster-examen. Han erbjuder mig att vara med som åskådare.

- Tack, det är mycket lockande, men jag måste få en hel dag att vila efter dagens upplevelser i Petra, avböjer jag hastigt. Nu vill jag gå hem med mina nya fenor. Adam plockar fram en stor plastkasse med en gigantisk röd ros mitt på. Kärleksfullt jämnar han ut plastpåsen mot disken samtidigt som han håller fast i handtagen. Han säger att innan jag får min vara måste han bara ställa en fråga. Jag väntar, men han bara tittar mot mig och säger inte ett ljud.

- What is the question? Jag börjar bli otålig. Han svarar att han oroar sig över att så fort han ställer sin fråga kommer jag att bli arg på honom. Då säger jag att jag lovar att inte bli det. Jag är glad åt mina fenor och är för trött för att bry mig om någonting överhuvudtaget.

- Fire out! säger jag oförskräckt och han vågar sig till med:

- Would you like to have sex with me? Would you?

- Sex? Jag? När? Nu? Killen är inte lite fräck! Att han vågar! Där var det verkligen pang på rödbetan! Inget sedvanligt snack om att dricka en kopp kaffe tillsammans eller liknande. Mitt huvud faller ner och blir uppfångat av mina båda handflator medan armbågarna vilar mot disken. Jag fejkar en gråtande min och säger halvhögt att jag är trött. Och sedan plötsligt med något högre röst:

- I don't know. I'm not sure.

Jag känner mig helt slutkörd och därmed oförmögen att ta

några som helst beslut. Varken för eller emot. Dagens bilder
från den antika staden hänger kvar på mina näthinnor. Det
verkar som om jag fortfarande är i Petra. Adam däremot ver-
kar vara mycket samlad och närvarande. Han tar den andra
post-it-lappen och printar ner alla sina mobilnummer. Jag
räknar dem till tre. Han ger mig den gula lappen och säger:
   - Think about it and let me know, when you know. Any
   time, I am waiting...

Med den rosenprydda plastpåsen i ena handen och de två
post-it-lapparna i den andra avlägsnar jag mig i rask takt. Jag
skyndar mot hotellet och in på rummet. Där stupar jag både
utmattad och upprymd i min säng och skrattar för full hals åt
det hela. Sedan tappar jag upp vatten och flyter där i badka-
ret helt avslappnad. Tröttheten från dagens utmaningar löser
upp sig i vattnet och efter en liten stund mår jag bättre.

Så fort jag har förflyttat mig från badkaret till sängen änd-
ras det euforiska känsloflödet. Nu börjar jag använda hjärnan
istället. Jag tänker på mitt hektiska liv där hemma. Jag tänker
på det jag har och på det jag saknar. Jag kommer fram till att
det jag saknar mest är att kunna ligga i en mans armar och
uppleva mig själv som kvinna. Det har jag inte gjort nu på
några år. Inte så värst många år, men ändå.
   - Här, säger jag till mig själv, får du ett förslag som är både
ärligt och tidsbegränsat. Här får du din möjlighet till att få
vara kvinna! Samtidigt som du undviker chansen att fastna i
en olämplig relation. Det är rätt så stort avstånd mellan Aqa-
ba och Stockholm. Att killen är intelligent, känslig och för-
synt, det såg jag nästan med detsamma. Att han kan vara en
kompatibel sexpartner - det talade min kropp om för mig.
Högt och tydligt! Ta nu den gåva som livet skänker, ha tillit.
Så talade jag till mig själv. Men mitt resonemang gick alltef-
tersom in på detaljer. Det kändes på något sätt obekvämt. Hur
skulle det kunna ske i realiteten? Och när och var?

Jag kunde inte somna. Mina tankar tätnade och blev så intensiva att jag bokstavligen upplevde hur jag svävade ovanför sängen. Sedan tänkte jag på Adams inbjudan till morgondagens dykning. Jag ångrade att jag avböjde förslaget att närvara vid hans Divemaster-examen. Det skulle säkert vara väldigt roligt, dumma mig! Vad tänkte jag mera? Jag tänkte förstås på själva akten. Att ha sex med någon allra första gången är en verklig utmaning. Om man inte gör det på fyllan, såklart. En helt främmande människa kommer så nära att man inte kan se varandra. Man rent av promenerar in i varandra. Det enda som återstår är att känna!

Ojojoj, läskigt.... Här måste jag säga att jag är himla skarp på att tänka och skitdålig på att känna. Så har det alltid varit. I alla möjliga lägen har mina ynka känslor övermannats av mina kraftfulla tankar. Varför blir det alltid så? Vem vet! Kanske för att jag jämt får så mycket att tänka på, och så lite att känna för? Kanske för att mina känslor ofta blivit sårade under tiden jag var barn, men också senare under puberteten. Kanske var det så att vissa erfarenheter blev så till den grad smärtsamma att lilla jag bestämde mig för att sluta känna och använda mitt huvud istället? Och under åren växte sig huvudet starkt!

Jag gissar det bara, vet inte säkert. Jag är min egen psykdoktor. En av sådana som alltid skyller sina patienters livssvårigheter på de dåliga erfarenheterna under uppväxttiden. Men det jag vet säkert är att så fort en vag känsla smyger sig in i mitt hjärta, börjar hjärnan ta över befälet. Så är det bara. Detta om känslan angår mig själv. Det som man kallar för en sinnlig kärlek alstrar sådana känslor. Däremot, när det rör sig om andras väl eller ve, är jag oerhört medkännande.

Medkänslan är också en känsla. Där får mitt hjärta lov att känna fullt ut. Där kan jag vara mycket snäll mot mig själv och samtidigt vara osjälvisk. Där ser jag andras bekymmer som deras och på så sätt kan jag uppleva mig skuldfri och slippa analysera. Bara då blir jag en fri människa. Men så fort jag får en känsla som rör mig själv blir jag hämmad. Det som Adam känner för mig och jag för honom hämmar mig. Det gör mig rädd och jag vågar ingenting alls.

Men till skillnad från förr talade mitt huvud den här gången om för mig att jag borde ta steget. Hur skulle jag kunna bryta den onda cirkeln för att klara av det i praktiken? Jag tänkte vidare. Jag vred mig i sängen sömnlös genom natten. Strax innan jag somnade kom jag fram till en vettig lösning. Det blev en mycket originell sådan:

Jag kommer att tala om för Adam att jag går med på att ha sex med honom, emellertid under alldeles speciella villkor. Efter att jag tog beslutet blev jag genast lugn och avslappnad. Jag var säker på att Adam, efter att ha hämtat sig från den första chocken, gladeligen skulle godkänna mina villkor. Noga uttänkta men uppenbarligen udda villkor.

5

Sex

Sex

Det är söndag och min andra dag av mitt andra besök i Aqaba. Till skillnad från första gången bor jag nu på ett betydligt flottare hotell. Det valde jag faktiskt med tanke på Adam. Förra gången hade jag svårigheter att smuggla in honom på rummet. Det nuvarande hotellet har sex våningar och är så pass stort att de flertaliga receptionisterna säkert har svårt att hålla reda på alla förbipasserande människor. Däremot var det förra hotellet litet och opretentiöst.

Egentligen föredrar jag att bo på de mindre hotellen. Det är för att de rymmer färre gäster och kontakten med personalen blir därför mer intim. Genom hotellet lär man sig om landets invånare och deras vanor. Man får också flera chanser att träffa hotellets gäster, upptäcka vilka de är och prata med dem då och då, om man får lust att göra det. För det mesta brukar jag resa ensam. Att bo på ett mindre hotell kan bli till fördel om jag råkar känna mig ensam eller bara få akut lust att dela med mig av aktuella upplevelser. Just på det sättet lärde jag känna Marje. Allra först såg jag henne i hotellets restaurang. Jag stod vid ett serveringsbord och fyllde på min frukosttallrik.

Marje kom fram och pekade på tallriken med blanka svarta oliver. Hon rådde att smaka av dem och sa att hon tyckte att de var mycket goda. Jag tog ett par stycken och fortsatte med att göra andra val. Sedan hittade jag ett passande bord och satte igång med min frukost. Under tiden funderade jag ut planer för dagen. Jag kom till slutsatsen att jag skulle vilja starta semestern med snorkling. Jag fick höra att den bästa snorklingsplatsen låg på Aqabas South Beach. Dit tar man sig med taxi. Att starta sin första dag i ett nytt land känns alltid lite motigt. Så jag tänkte att det skulle bli lite roligare om jag hade sällskap.

Då frukosten blev avklarad bortsett från kaffe vände jag mig om och såg den givmilda olivälskande kvinnan sittandes längst in vid ett av fönsterborden. En yngre kille satt mittemot och de höll på att avrunda sin frukost. Jag gick fram med kaffekoppen i handen och bad om att få slå mig ner. Jag frågade om inte de två hade lust att följa med på en snorklingstur. Lusten hade de. Det var så jag lärde känna Marje och hennes son Jonas under mitt förra besök i Jordanien.

Och nu sitter Marje och jag på mitt luxuösa hotellrum. Den här gången har vi rest hit tillsammans från Stockholm. Fast till skillnad från förra året bor vi nu på olika hotell. Marje halvligger på den höga breda gästsängen och jag sitter skräddare på min egen. I kväll ska hon sova över. Framför oss har vi en enerverande uppgift. Marje och jag ska ta kontakt med våra respektive jordanska pojkvänner, Fares och Adam. Jag kallar det vi tänker göra för enerverande därför att det inte är särdeles lätt att ta första kontakt med sin sexpartner efter ett års långt avbrott. Man vet ju inte vad som har hänt i hans liv under den gångna tiden. Han kanske inte vill kännas vid en, kanske hunnit träffa någon annan? Vem vet?

Dock har båda paren hållit telefonkontakt under tiden. Adam vet att jag kommer, men Fares vet inte att Marje redan befinner sig i Aqaba. Men även med Adam är det inte så enkelt. För en vecka sedan hade jag mejlat honom mitt ankomstdatum. Han blev glad, ivrig och ville möta mig på flygplatsen. Jag tyckte inte att det var en god idé. Då skulle jag säkert vara trött efter resan. Det kändes mycket bättre att träffa honom först efter att ha vilat sig åtminstone under ett par dagar. Adam blev sårad, men accepterade det. Vad skulle han annars göra? Han vet att jag är som jag är. Jag har betett mig sårande förut, det har jag gjort när jag känt mig antingen tvingad till någonting eller bara trängd i ett hörn. Jag undviker att såra andra och får skuldkänslor om jag nu råkar göra det. Men blir jag trängd, slår jag bakut, det kan inte hjälpas, tyvärr.

Adam är väldigt romantisk, så verkade det i alla fall förra året. Han är intelligent, men har en tendens att överdriva eller uppförstora betydelsen av saker och ting. Ibland kan han vara för romantisk för min smak, det verkar patetiskt i mina ögon. En situation när någon är patetisk släcker mitt engagemang. Det verkar på mig som en kall dusch! Det måste bero på min uppväxt, min mor kunde vara patetisk i simpla sammanhang. Adam kan bli det ibland, det kan bero på hans ursprung. Men det vet jag inte säkert, först ska jag ta reda på mer om den lokala kulturen. Nu vet jag alltså inte hur pass mycket Adam har blivit förnärmad på grund av min vägran att låta honom möta mig på flygplatsen. Strax kommer jag att ta reda på det, genom att tala med honom i telefon.

Jag känner mig något nervös och Marje upplever detsamma. Orsaken till hennes nervositet är det faktum att Fares ganska nyligen gjorde slut med henne via mobilen. Han tjatade i sina sms att hon skulle komma och fira jul med hans familj. Hon velade fram och tillbaka om hon skulle flyga ner eller inte. Hon brukar inte resa ensam, och jag planerade fira jul med mina barn. Under tiden hon letade efter en prisvärd resa och ett lämpligt resesällskap blev han arg och gjorde slut via sms. Jag sa till henne då att det var inget avgörande, han bara markerade sin inställning med att verbalisera besvikelse.

Nu sitter vi här som två tonåringar och oroar oss över vad vi ska säga till våra kavaljerer. Vi bestämmer oss för att ringa till Fares först. Jag föreslår att det blir enklare om jag ringer, pratar med honom om ditt och datt för att sedan överraska honom med att Marje är här. Marje godkänner idén och jag ringer. Fares svarar, han blir glad att höra från mig. Jag undrar hur han mår och vad han gör nuförtiden. Vi pratar lite om honom.

Efter ett tag undrar han om Marje. Jag säger att hon sitter här bredvid och han ber mig att ge över luren. Marje blir glad av att han frågat efter henne självmant och de pratar livligt och skrattar. Sedan meddelar Marje att i morgon bjuder Fares oss på en restaurang här i Aqaba. Den heter Ali Baba. Jag är jätteglad, för Marjes skull.

Så fort hon lagt på luren ringer jag till Adam. Adam låter mycket samlad och kärleksfull, det värmer och får mig att slappna av. Nu visar det sig att det inte var så svårt som vi först trodde. Vi har oroat oss helt i onödan. Adam frågar om han får träffa mig nu genast, och upplyser mig om att han just nu befinner sig nära hotellet. Jag säger att Marje kommer att sova hos mig i natt och att jag fortfarande är lite trött efter resan. Jag förklarar att jag inte ville träffa honom genast därför att jag hoppades kunna fräscha upp mig innan han ser mig. Jag har tänkt mig att sola och bada. Han blir glad att jag vill se ut mitt bästa för hans skull och han skrattar lyckligt.

Vi kommer överens om att han ska följa med till Ali Baba i morgon kväll och avslutar samtalet. Marje och jag pustar ut och ägnar resten av kvällen med att ventilera våra respektive, dricka te tillagat i hotellets vattenkokare och spela Yatzy på den eleganta balkongen. Därifrån i halvmörkret kan man urskilja havet och stora palmer som vajar för vinden. Nu är vi lyckligt avspända. Jag undersöker allt, inklusive barskåpet, och upptäcker massor av gott som olika sorter av chips och fruktdrycker. Marje älskar färskpressat och vi skålar med det på balkongen. Sedan lägger vi oss i de kungliga sängarna och sover gott under var sitt duntäcke.

På hotellet Mövenpick sträcker sig receptionen genom hela den jättelika bottenvåningen. Hela salen är dekorerad med de monumentala svarta granitpelare som bokstavligen försvinner i höjden. Det är så högt upp till taket att man får ont i nacken om man nu skulle komma på idén att lyfta på huvudet och undra hur högt det egentligen är. Man ger genast upp, för det känns som att nacken går av och huvudet faller bakåt. Man sluter sig till: 'det är verkligen högt!' och rätar upp nacken.

Kvällsmötet på Ali Baba får en trög start. Fares plockar upp Marje och mig med sin bil. Fares, som inte är så lång till växten och ganska satt, väntar i divanen vid entrén. Trots den flotta skinnjacka ser han ändå ut som en beduin, vilken han onekligen är. Senare berättar Marje att vid den allra första åsynen av Fares blev hon mäkta överraskad över att han, trots hotellets luxuösa och överdådiga interiör, smälte in i det hela på ett imponerande sätt. Nu kan jag inte låta bli att minnas att vid ett och samma tillfälle kändes Marje för mig som starkt disharmonierande med omgivningen.

Marje och Fares skakar artigt hand med varandra och vi tre promenerar mot hans bil. Han har inte längre kvar sin ökenjeep utan en mörkblå Sedan. Vi sätter oss skönt till rätta och snart är vi framme vid ingången till Ali Baba. Fares skakar hand med restaurangens vakter. Han pyser av stolthet att ha med sig utländska damer.

Vi blir hänvisade till övervåningen, medan jag grämer mig över att jag inte får stanna i bottenvåningens trädgård istället. Det är för att jag vill hålla utkik efter Adam. Men jag blir tvungen att följa med upp. Vi tilldelas menyer och Fares styr urvalet av rätter för att han vet bäst vad som är vad inom det jordanska köket.

Återigen kommer jag i kläm för att Marje älskar att smaka på de varierande smårätterna, medan jag kan få en orolig mage om jag blandar för mycket. Fares beställer massor av små rätter. Jag bestämmer att investera i en grillad kyckling istället. Marje och jag tar varsitt glas vin, hon dricker vitt och jag rött. Nu dyker Adam upp i gången. Han rör sig mot oss i sakta mak medan jag stirrar på honom och häpnar.

Han ser annorlunda ut i jämförelse med hur han såg ut förra vintern. Han har en elegant mörk kostym, tjockt med gel i sitt mörka kortklippta hår och skinnande blanka skor. Han rör sig majestätiskt mot vårt bord. Han kan liknas vid en egyptisk barbiedocka och ser inte längre så äkta ut som han gjorde året innan. Vad är det som har hänt? Kan man verkligen förändras såpass mycket på enbart elva månader?

Adam hälsar på oss alla samtidigt och presenterar sig för Fares. De två har inte träffats förut. Adam slår sig ner bredvid mig. Han tar fram ett paket Marlboro och tänder en cigarett. Jag känner mig helt overklig, som om jag var inne i en spelfilm. Fares tittar stint på Adam och frågar hur det är fatt med honom. Adam svarar att han är okej.

Jag förstår att Adam måste vara orolig och spänd, det är exakt vad jag känner. Jag säger till Fares att Adam måste vara nervös för att vi inte har sett varandra på länge. Fares ser kritisk ut och kisar med ögonen mot Adam. Fares har ingen aning om hur det är att vara nervös. Själv blir han aldrig det, han är alltid naturlig. Håller han på att bli spänd så avreagerar han sig genast och blir åter avslappnad. Men vi andra spänner oss. Helst skulle jag vilja bli som Fares. Förr i tiden brukade jag vara mycket mera spänd än jag kan vara idag. Jag bättrar mig. Jag är på god väg.

Små rätter anländer, men jag väntar fortfarande på min

kyckling. Jag frågar Adam vad han vill äta. Han svarar att han redan har ätit och att han tänker beställa kopp kaffe.

Den sortens beteende känner jag igen sedan förra året. Då var vi en hel del tillsammans men jag har aldrig sett Adam äta. Jag har sett honom sova flera gånger, men inte en enda gång hade han ätit någon måltid i min närvaro. Konstigt. Nu blir jag besviken bara för det och jag förebrår honom. Jag påminner om att jag i telefon sagt att han skulle låta bli att äta innan. Jag ville bjuda honom på en middag för att fira vårt möte. Han svarar att han minns det, men att han inte är hungrig.

Adam sitter till höger om mig med sitt vänstra lår tätt mot mitt högra. Hans hela ben är så spänt att det skakar. Stackars honom. Fares granskar Adam som om han var Fares motståndare. Vad är det med Fares? Nu får de två igång en arabisk konversation killar emellan, medan Marje hugger in på sina små rätter. Man ser att hon njuter i fulla drag. Jag smakar på en av dem, men känner mig inte hågad. Den av mig beställda kycklingen anländer och jag förlorar aptiten så fort jag får syn på min tallrik. Dels beror det på Adam. Om jag bara tänker på sex eller kärlek förlorar jag aptiten. Så har det alltid varit.

Strax ska vi två till hotellet och jag antar att Adam tänker stanna för natten. Men ändå känns han så annorlunda, jag vet varken ut eller in. En helt annan människa är han, en som jag inte känner alltför väl. Här ska man börja om från början, vet inte om jag orkar. Så blir det dags att betala för maten. Fares säger att han går och betalar sin mat vid kassan. Han försvinner och är borta ett litet tag. Jag och Marje utväxlar förstående blickar, menandes 'så går det till i Aqaba när man blir *bjuden* på en restaurang!' Kyparen ställer sig vid vårt bord och serverar Adam en nota på en silvrig bricka. Jag tar ifrån honom brickan.

Jag och Marje studerar notan tillsammans. Min välkända intuition säger mig att kostnaden för Fares mat är inkluderad i notan och att just i detta ögonblick inkasserar han dessutom en motsvarande provision på vår nota; arvodet för att han tagit hit sina utländska kunder. I övrigt är notan rena rama arabiskan, vi ger upp och delar rakt av.

Adam envisas att betala sitt kaffe. Fares återvänder mycket nöjd med sig själv och jag märker att han smeker sin bröstficka. Jag och Marje tittar mot honom samtidigt och han säger att om vi tror att vi har betalat hans mat så tar vi fel. Jag märker att Fares är väldigt intuitiv. Det behöver en beduin vara när han vandrar i sin vägtomma oändliga öken.

Fares och Marje sätter av mig och Adam vid infarten till Mövenpick. I ett halvhögt smidesstaket finns två grindar. Den vänstra ligger vid vaktstugan, den högra finns vid trädgården. Den högra grinden ligger närmast i färdriktningen, jag svänger in. Adam däremot vandrar fram till grindstugan där vakterna hänger. Han tänker legitimera sig om han blir stoppad. Den ena vakten frågar ut Adam och jag står innanför staketet och väntar. Till slut ropar jag till vakten 'he is with me' och Adam passerar grinden.

Jag frågar varför han inte ville gå med mig genom den närmaste grinden. Han tittar ner och säger ingenting. Det man kan säga om Adam är att i största allmänhet brukar han skippa förklaringar. Ibland kan det faktiskt vara till fördel - man spar tid. Man slipper att hamna i långa diskussioner där man upptäcker sina meningsskiljaktigheter. Men ibland kan det vara irriterande, åtminstone för mig. Ibland behöver man förklaringar, jag vill alltid veta orsaken till någons beteende. Men det får man aldrig veta om man har att göra med Adam.

Vi passerar genom hotellets säkerhetskontroll. Rutinerna är nu desamma som på internationella flygplatser. Själv ska jag gå genom den "mysiga" portalen där man ska tömma sina fickor, under tiden åker ens handväska genom hotellets skanner. Men på detta hotell beter sig vakterna som om de skäm-
92

des att besvära sina högt ärade gäster. Tack vare det går det
någorlunda smidigt och fort. Så Adam tömmer fickorna och
jag har inga att tömma. Vakten ler blygt mot mig och vörd-
nadsfullt sträcker han fram min väska.

Nu är vi äntligen inne i hissen och åker upp till min våning.
Sedan går vi längs långa mattklädda labyrintliknande korri-
dorer tills vi kommer fram till min dörr. Jag letar efter den
vita plastbrickan som öppnar dörren, när Adam helt plötsligt
tar tag i mig bakifrån och svänger mig runt. Nu står vi ansikte
mot ansikte och ser leende på varandra. Jag knuffar honom
en bit bort från mig för att kunna se honom bättre. Jag behö-
ver det avståndet för att han är så mycket längre än jag. Han
tar mig om axlarna och svänger runt mig en gång till. Han
står tätt bakom mig medan jag öppnar dörren.

Jag tänder alla lampor och bjuder Adam att sitta ner. Vi slår
oss ner vid ett runt snidat bord mittemot varandra. Vi måste
väl prata först. Nu är han lugn och avslappnad. Det är ljust
i rummet och jag kan se honom bättre än på restaurangen.
Det jag märker nu är att han har lagt på minst tio kilo sedan
sist. Hans ansikte har blivit bredare och på ett sätt tyngre och
mer maskulint. Jag är osäker på om det klär honom bättre
eller inte. Han ser ut som en mogen man, det gjorde han inte
innan. Det är också något annat som är nytt, jag kan inte de-
finiera det riktigt. I alla fall inte än.

Han frågar om jag har hört vad som hände igår i Tunisien.
Jag svarar jakande och säger att jag besökte Tunisien tre må-
nader innan. Hans ansikte mörknar och huvudet faller fram-
åt. Nu anar jag att han tänker på att jag skulle ha rest till Aqa-
ba istället. Men jag ser att han fort kommer över den mindre
positiva känslan. Nu frågar han om jag vet att det tunisiska
upproret gläder och inspirerar hela den arabiska världen. Jag
ber honom att berätta för mig hur han ser på saken och han
sätter igång.

Under samtalet avslöjar sig hans nyfunna särart bit för bit.

Jag visste innan att han hade studerat juridik och politik. Då måste han väl vara både medveten om det politiska världsläget och engagerad i den arabiska delen i det hela. Men den man jag ser framför mig nu är så långt bort från den borttappade snygge försäljaren från en dykshop som man bara kan komma. Hur mycket engagerar han sig i politiken egentligen? Det undrar jag, för att här har jag en man som mer ser ut som en hårdkokt politiker än som en poetisk yngling.

Det var mig en överraskning, det må jag säga! Jag vet att Adam har bytt jobb ett flertal gånger sedan vi sågs sist. Jag frågar vad han arbetar med nu. Han berättar att han jobbar på ett båtkompani. Han har ovanligt långa arbetstider, men inte för att han tvingas till det, utan för att han vill göra ett bra jobb. Det låter otroligt med tanke på hans forna arbetsplats där han satt och nästan sov i sin fåtölj närhelst det var tomt i butiken. Jag minns våra långa siestor mitt på dagen och några arbetsdagar som han till och med hoppade över för min skull. Det här var mig en helt ny Adam!

Jag ber honom att tala om för mig exakt vad är det han egentligen gör på sitt jobb. Av det han säger framgår att han arbetar med en slags ekonomisk planering som inkluderar fartyg, laster, passagerare, tidtabeller för båtavgångar och ankomster med mera. Det som blir synligt här är att han uppskattar sitt jobb och tar det på blodigt allvar. Så har det inte varit tidigare. Tydligen har han nu en nyckelposition som han är mycket stolt över.

Jag stirrar mig blind på en liten märkesetikett på kavajens ärm. Han tar av kavajen och hänger den på stolryggen. Jösses, jag föraktar alla märkeskläder och alla kläder som hamnar på stolryggar. Jag lyfter upp kavajen och hänger in den i garderoben. Nu får jag syn på hans blårandiga silkesskjorta. Han ställer sig upp och frågar vad jag tycker om skjortan. Jo vars, säger jag, den är väldigt snygg på dig. Han verkar nöja sig med svaret och sätter sig ner. Jag öppnar barskåpet och frågar om han vill ha något ur det. Han väljer Pepsi Cola. Gärna för mig men jag aktar mig för alla dessa olika color. De är rena rama giftet. Det säger jag högt medan han dricker pepsin och sedan försvinner ut på balkongen för att röka.

Jag deklarerade förra året att jag inte tål när man röker inomhus. Och under hela tiden, vad än jag gör eller säger, ser han på mig uppskattande som om jag var en häst vilken han funderade på att bestiga. På samma gång verkar han respektfull och försiktig. Min Adam är alltid försiktig. Precis som Marje är han född i kattens år. Och om han klantar sig någon gång är det för att han inte vet vad är det han ska akta sig för att göra. Att göra eller inte göra? That's the question.

Adams engelska har försämrats betydligt. Hur kan det komma sig? Förra året var jag helt såld på hans sätt att uttrycka sig. Han kunde åstadkomma en mycket elegant och poetisk engelska, samtidigt som han hade ett rikt vokabulär och var mycket känslig i sitt ordval. Förra året var han en riktig pratkvarn och nu är han sparsam med uttryck och pratar med stora intervaller. Vad är det han tänker på? Han talar bara när jag ställer frågor. Annars sitter han tyst och röker.

För att bryta tystnaden undrar jag om hans månadsinkomst, med tanke på att han verkar vara ambitiös och arbetar övertid. Tidigare fick vi veta från Apolloguiden att medelinkomsten i Jordanien ligger på tvåhundra denarer. Han svarar att hans inkomst ligger på fyrahundra. Det var inte illa. Och jag ställer min allra sista fråga. Jag undrar om han har träffat någon ny kvinna. Han tittar undrande och säger:

- How so? Why do you ask?

- Jag frågar för att du är en ung man och har inga barn. Du kanske vill skaffa dig familj en vacker dag?

Han tittar mig rakt i ögonen och säger:

- Jag har ju dig och det räcker för mig!

- Det blir mig ett rätt svar, säger jag.

Det låter som om han verkligen menar det han säger.

Han fångar upp min hand och dra mig mot sig. Utan att veta ordet av sitter jag nu i hans knä. Han för isär mina lår och snurrar mig runt. Nu sitter jag grensle över hans knä. Han håller mig om midjan, slickar min hals och stönar. Jag bara sitter där, känner mig något förstenad och försöker jaga bort tankarna. Mitt huvud är min värsta fiende.

Ibland får jag lust att hugga av det. Jag tror att jag skulle kunna leva lyckligare om mitt huvud var borta. Men det är ingen riktig lösning, så jag försöker blockera hjärnan från att tänka. Jag känner värmen från Adams handflator som just nu spänner om min stuss. Hans fingrar möts där back vid korsryggen och jag upplever värmeströmmarna löpa längs ryggraden. Han håller i mig varsamt men fast. Jag känner mig som en blombukett redo att sänkas i en vas med livgivande vätska. Jag känner mina egna vätskor flöda i riktning mot hans fasta, och alldeles säkert, solbrända lår.

Men jag reser mig och säger att vi ska duscha först. Jag tar honom i handen och leder honom in i badrummet. Vi startar med att klä av varandra. Han silkesskjorta åker av och jag trycker min näsa mot det hårbevuxna bröstbenet. Jag låter min tunga löpa nerför hans bröst, medan han kämpar med spännet på min behå. Han visar ingen fingerfärdighet i denna procedur, det minns jag från förra gången. Jag knäpper upp hans bälte, dra ner blixtlåset och byxorna glider ner längs hans långa solbrynta ben. Jag är ju för sjutton i Jordanien och han är dykmaster, klart hela han är solbrun! Mina minimala trosor fallit till badrumsgolvet som sista utpost.

Nu är vi båda nakna i hotellets badkar och jag drar för duschgardinen. Nu är det bara han och jag, Adam och Eva. Vi ska duscha tillsammans och skrubba varandra rena. Det att jag håller Döda Havets citrondoftande tvål i mina händer matchar med att Adam har ett jättestånd i sina händer. Det är bra, tänker jag under tiden, det är smidigare att rengöra en man om han håller stånd. Hans fallos har en vacker form, stor och rak utan veck eller rynkor. Det bekräftar att de gör omskärelse i arabiska länder. Jag börjar med att tvåla in penis, jag glider om den försiktigt. Mina tvålskummande fingrar smeker mjukt både runt om och upp och ner. Adam står där med slutna ögon och gungar lite i takt med mina försiktiga rörelser. Han ser ut att meditera, men han njuter.

Att ge andra en njutning måste vara en god gärning. Man kan säga vad man vill, men att göra det är inte så lätt som man tror. Nej, det är inte svårt att göra det jag gör nu. Men att komma så långt och så nära - det är en annan femma. Det finns många hinder på vägen! Några av oss kommer aldrig ens i närheten av det. Att inte komma dit vore sorgligt. Det är ju det mest naturliga! Gud skapade oss till sin egen avbild, och vi är av två olika sorter. Män och kvinnor skapades med tillhörande redskap för att behaga varandra. Fallos är ett sådant redskap, handen är ett annat. Sedan finns det förstås många flera verktyg, tänk själv...

Varför skulle vi inte utnyttja dessa naturens verktyg? Finns ingen som helst anledning. Det vore ett slöseri med resurserna! Nu har jag tvålat in hela stora Adam. Det är både varmt och kvavt av all ånga. Duschen står på och gardinen är fördragen. Det börjar bli kvavt och jag andas häftigt. Adam slår upp sina stora mörka ögon och tar över tvålen. Nu tvålar han in mig, men han är inte så hemmastadd i detta som jag är. Han är ju inte heller medveten att den här tvålen innehåller salter från Döda Havet. Han är en man och han gör det han gör med häftiga ryckiga rörelser. Då och då glider tvålen ur hans händer, faller ner och simmar där i tvålskummet på badkarsbotten. Min Adam fiskar upp tvålen och börjar om. Han försöker stoppa in tvålen mellan mina ben men jag betackar mig. Nu vill jag ut ur ångan och ner i sängen. Vi kliver ut ur badkaret och torkar av varandra med hotellets badhanddukar. Handdukarna går igen!

Vi flåsar och våra respektive kroppar smackar ihop, när de råkar nudda varandra. Vi står och luftar oss i rummet en stund. Därefter hoppar vi i säng. Äntligen! Det är nog med förspel, det tycker Adam nu, och för en gångs skull håller jag med. Jag vet att han är av den åsikten, inte för att han säger det rakt ut utan för att han föredrar att göra det andra.

Och vad är det han gör? Han gör med mig allt möjligt, allt det som män brukar göra med sina kvinnor när båda är nakna och rullar runt i en gemensam säng. Vad just den här sängen anbelangar så är den ju helt perfekt, speciellt för det här ändamålet. Lagom bredd, för när jag ligger på rygg och Adam snurrar mig runt, har det den effekten att min kropp hamnar tvärs över sängen. Mitt huvud vilar ändå på sängen, istället för att böjas bakåt och dingla ner, vilket onekligen skulle vara fallet i en smalare säng. Det vill säga jag slipper bryta nacken för att sängens bredd räcker till för Adam att utföra denna mästerliga transaktion.

Mövenpicksängen visar sig också vara lagom hög. Den tilllåter mig att ligga på mage i en rätt vinkel med mina fötter vid golvet. Medan Adam vilar ovanpå mig med sina långa ben över mina som är mycket kortare än hans, så klart. Han håller om mina axlar och andas häftigt rakt i min känsliga nacke. Sedan samlar han min hårman i sin högra handflata, lyfter den och kastar den över mitt huvud för att slippa få hår i sin mun. Nu slickar han min nacke och jag få rysningar av det.

Nacken är känslig och jag upplever hans tunga som en sorts pensel som målar in de varierande känslonyanserna i min hud. Dessa nyanser stannar inte bara i nacken utan sprider sig över hela kroppsytan, min kropps yta. Men de rysningar han väcker stannar inte bara på ytan, de går in och sprider sig inuti mig i vågor. Adam har blivit mycket tyngre sedan förra året. Vad kan han väga nu? Hundra kilo? Eller nittio? Nittio minst, han är ju lång. Visserligen var han inte precis mager året innan heller.

Efter ett tag tycker jag att nu få det räcka med den här övningen. Jag skakar av mig Adam, häver upp mina ben på sängen och sträcker ut mig på rygg. Jag öppnar upp mina ben och låter honom glida in. Nu är han inne i mig och hans tunga åker in i min mun. Härligt. Han har nålat fast mig på två punkter. Jag känner mig som en fjäril som darrar i sista dödsryckningar fäst med två nålar. Dock är det hela väldigt behagligt.

Jag känner mig uppfylld när Adams lem och tunga fyller de två största grottorna i min kropp. Jag har varit med om liknande förr, men det annorlunda med Adam är att när han kysser mig känner jag ingen främmande lukt eller smak. Vi måste vara mycket kompatibla när det gäller bakteriekultur. Men inte bara när det gäller den specifika kulturen. Vi är också sexuellt kompatibla. Det upptäckte vi förra gången. Nu börjar jag känna igen mig, speciellt när han rullar över mig på min vänstra sida utan att komma ur mig. Då berör han en känslig punkt i min slida och det börjar bli så skönt att jag smälter av njutning. Det märks att han har det underbart han med, för att vi rör oss i en fullständig harmoni, vi stönar även unisont med varandra. Herre Gud, vad du är god och jag tackar Dig för detta underbara nöje.

I det ögonblick jag tänker på Gud ändrar Adam sitt rörelse-tempo. Nu börjar han stöta i mig något för häftigt med tanke på mitt välbefinnande. Jag får på känn att nu har han tappat bort mig. Han har glömt att det faktiskt är just jag som ligger här sammanlänkad med honom. Jag får en känsla av att det nu, vad Adam beträffar, skulle kunna vara vilken kvinna som helst, bara hon hade en varm och blöt slida i passande storlek. I min storlek. Det tycker jag är skit! Han rör sig för vilt och nu känner jag smärta varje gång han stöter i mig. Hans lem är av betydande storlek.

Förra gången, efter att vi älskat tillsammans, plockade jag fram en liten linjal, som jag alltid har med mig på mina resor och som jag använder för att rita mina geometriska bilder. Jag tog ett mått på Adams lem och den mätte nästan tjugo centimeter. Så lade jag linjalen mot min egen mage och det visade sig att jag hade mindre än så upp till midjan. Jag undrade då, och det gör jag fortfarande, hur kan hans penis få plats i mig utan att komma upp genom min mun. Jag skämtar om munnen, men skämt åsido: Hur kan det vara möjligt?

Men den praktiska erfarenheten med Adam har visat att det är möjligt! Men jag förstår det ändå inte. Hur? Nu stretar jag emot och försöker komma loss, för att få honom att tänka på mig! Jag vill att han ska känna tillsammans med mig och ändra sitt våldsamma tempo till mjukare rörelser. Men just nu är Adam allt annat än lyhörd. Han stöter och stöter som vilken robot som helst. Han har mig fast i sitt grepp och jag förstår att slutet är nära. För honom. Då bestämmer jag mig att ge efter och röra mig i hans takt, för då gör det definitivt mindre ont. Det är faktiskt inte så farligt, fast inte lika trevligt som det varit nyss. Jag ger mig hän och jag är bara några få sekunder ifrån paradiset när han börjar skaka och stöna lite extra och sedan är det över för hans del. Men inte för min.

Nu är han stilla.

Jag ligger där med honom fortfarande i mig, och jag känner mig besviken. Det värsta som kan hända under en kärleksakt, när man är riktigt inne i processen, ett hårstrå från orgasmen är att processen avbryts. Man mår som skit. Det finns säkert många, både män och kvinnor som skulle hålla med mig på den punkten. Alltså ligger jag nu och är sur på Adam. Och han undrar ovetandes om det har varit skönt för mig med. Läget är känsligt och jag förstår att jag inte kan kritisera honom hur mycket som helst. Han har väntat på vårt möte länge nog. Jag svarar att skönt var det visst, men att jag inte hann med. Han verkar inte bekymra sig om den saken särskilt mycket. Han fick ju sitt roliga. Han frågar mig om jag är trött och vill sova ett tag.

- Sova?!!! Ett tag?!!! I ett aktuellt läge uppfattas dessa ord som den värsta förolämpningen.

- Jag är inte det närmaste sömnig. Faktiskt inte! Jag säger det och tänker på att vidare diskussioner eller förklaringar i ämnet inte kommer att leda oss någonvart.

Trots att Adam är tillbaka från sin maskulint vilda sida till sitt vanliga försynta och försiktiga yttre, har jag svårt att tro att han bryr sig särskilt mycket om mina feminina bekymmer. Dessutom måste han vara mycket trött efter sin långa arbetsdag, och också på grund av all den väntan och all spänning i samband med vår relationsrenässans. Så jag ligger bara där och ger ifrån mig signaler som Adam får tolka bäst han vill. Han vet varken ut eller in och testar mig med att säga:
- Vill du att jag lämnar dig ifred? Ska jag gå?
Nu känner jag mig lättnad. Det skulle inte vara så fel! Faktiskt känner jag nu att jag skulle må mycket bättre om jag bara blir av med honom. Nu är min kropp idel spänning. Jag anar att Adam skulle vilja sova hos mig en stund, för att sedan vakna och börja om från början. Jag vet att om jag låter honom göra det, kommer han att balansera räkningen med att tillgodogöra mig den uteblivna orgasmen. Men faktum är att jag avskyr att bli väckt mitt i natten, ännu mindre på morgonkvisten. Till detta hör att jag är en kvällsmänniska. Morgonkvisten upplever jag som törnkvist. Den kvisten vill jag helst slippa.
Alltså, efter en lång paus, då jag ger Adam tid att pusta ut, säger jag att det faktiskt är en god idé att han sover hemma. Vi kan väl träffas i morgon istället. Sedan tänker jag efter och minns att i morgon ska jag och Marje bila till Döda Havet med Fares. Efter den långa resan blir jag för trött, säger jag, och vi bestämmer att han ska komma till hotellet kvällen därpå. Adam reser sig från sängen och klär på sig.

Fares namn påminner honom om deras arabiska killsnack på Ali Baba. Han säger att jag och Marje ska vara försiktiga med Fares. Då brusar jag upp och undrar varför. Jag känner ju Fares sedan tidigare som en pålitlig person. Adam backar och säger:

- Var bara försiktiga, det är allt jag menar.

Sedan börjar han oroa sig för hur han ska ta sig ut från hotellet utan att bli stoppad.

- Precis på samma sätt som du tog dig in, säger jag.

Sedan tänker jag efter och räcker honom en bok att 'maskera' sig med. Det är en fantastisk bok av Gregg Braden som heter Fraktal Time. Boken handlar om matematisk förståelse av naturens mönster. Jag köpte boken under det senaste besöket i USA och planerade att visa den för Adam. Jag tror att boken skulle kunna länka hans medfödda religiositet med hans vetenskapliga intressen för mikroekonomi. Natten är ung, klockan är bara ett. Jag säger att om han bara bär sitt huvud högt och håller boken under armen, vågar ingen stoppa honom. Jag är säker på att boken ska hjälpa till. För under mina besök i Aqaba har jag inte en enda gång lyckats se ens en enda Aqaba-invånare varken med att läsa en bok eller bära på en. Därmed undantar jag självklart Koranen. För man råkar se män här och där med den heliga boken framför sig på marken.

Jag säger till Adam att jag är helt säker på att han kommer att passera förbi både receptionen och grindvakterna utan problem. Om någon råkar fråga vad han har gjort så här dags på Mövenpick ska han svara att han gick in för att låna denna högt andliga och vetenskapliga bok. Adam ler artigt men också lite sarkastiskt, menandes att en främling som jag inte har den blekaste aning om hur de där vakterna tänker. Han tar boken och går mot dörren. Jag vet att jag har rätt i mitt antagande. För att i alla länder har de respekt för kunskap. Jordanien inklusive! Adam går bara på sina gamla rädslor.

-Var stark i din rätt, då vågar ingen stoppa dig! menar jag. Visst lever Adam med tidigare egna tråkiga erfarenheter, men å andra sidan skapar man själv underlaget för de framtida. Det heter Double Bind - en förbindelse som löper från två

motsatta håll för att låta sig justeras på vägen. I det föreliggan-
de fallet behöver vi inte oroa oss om varken Adams säkerhet
eller mitt anseende. Inte om han har med sig boken.

- Du ska ta med dig Fraktal Time nästa gång vi ses. Detta
säger jag för att jag tänker läsa boken på stranden. Jag tilläg-
ger att jag kommer att döda honom om han glömmer den.

Innan han går kysser han mig god natt. Jag ligger kvar
och minns min Adam från förra året...

6
Snorkling & Sex

Snorkling & Sex

Förra året, efter att ha mottagit Adams friskt vågade erbjudande till en parningslek, och efter att noga ha övervägt förslaget, hade jag fått en idé. Jag har skapat en bild på vilket sätt och på vilken plats vår coitus skulle kunna äga rum. Själva idén, som vid en första anblick skulle kunna förefalla snedvriden, verkade från den andra ändå vara sund och även lämplig.

Det om man tänkte på ett flertal till buds stående aktuella förutsättningar som skulle tillfredsställa båda parter. Från Adams sida ingick hans arbetsplats – dykshopen - som blev platsen för vårt allra första möte, hans förestående Divemaster-examen samt hans lokala tillhörighet som innefattade en uppsjö av begränsningar. Från min sida fanns mina hobbys, snorkling och dykning, min kärlek och tillit för havet och den medfödda blygheten i kombination med min roll som landets tillfälliga besökare.

Jag har alltid varit medveten om att jag, av någon för mig okänd anledning, är blyg. Jag är inte riktigt nöjd med min kropp och räds för närhet. Under de gångna åren har jag tänkt på saken och försökt att komma på orsaken till min blyghet utan att lyckas. Det fanns ingen påtaglig anledning.

Jag är inte precis en skönhet, utan har vissa kvinnliga företräden och har alltid varit rätt så omtyckt av motsatta könet. Speciellt av dem som jag själv tyckte om. Men det räckte aldrig till, jag är fortfarande inte riktigt tillfreds med mig själv. Om några jag känner kommer att läsa det ovanstående kommer de att bli mäkta förvånade. Det för att jag aldrig ger intryck av att vara blyg, snarare tvärtom. Den inskränkningen måste väl bero på att jag, under alla dessa mina blygsamma år har byggt upp en fasad. Det allra enklaste sättet att lyckas med en egen fasad, är att spela motsatsen.

Så jag agerar oblyg! Jag brukar öppna mig för andra, jag kan avslöja allt om mig själv till praktiskt taget vem som helst. Även det mest pinsamma. Jag brukar visa upp mig precis som jag är utan att blinka. Det spelar mig ingen roll, för att då arbetar jag undercover. Numera är jag immun mot hur andra ser på mig. Jag kan agera som det bjuder sig. Jag är fri och har levt mig in i den roll som går ut på att aldrig skämmas för den man är!

Den rollen har jag antagit, inte för att vilseleda andra, utan för att det då blir skonsammare för mig själv och mera juste mot andra. Det är mycket svårt för en blyg människa att vandra livets väg och alltid känna sig timid, generad och följaktligen skygg. Därför tror inte folk som känner mig, eller de som har träffat mig i förbifarten, att jag kan vara blyg. Mitt skådespel är övertygande, jag har levt mig in i rollen. Den rollen gäller i samtliga lägen. Dock tyvärr finns ett undantag. Undantaget gäller i situationer där jag inte ges möjlighet att förställa mig. Undantaget är sex!

Att bara gå in för det så här utan vidare, och hamna i famnen på en vilt främmande människa, tycks mig vara oöverstigligt. Det sprider sig även på sex med människor som inte är helt främmande. Det kräver sin man att få vara kvinna. Och definitivt kräver det sin man att få mig i säng! Det säger jag, trots att jag har varit där många gånger. Men nästan varje
108

sådant tillfälle utgör för mig en grandios utmaning, tro det eller ej. Det var just därför, när jag låg i hotellets säng och funderade på min status-quo med Adam, som jag kom fram till att vår allra första kärleksakt skulle kunna förlöpa mycket smidigare ifall vi möttes i havet!

Man vet ju att livet kommer från havet. Utan jordens hav skulle det överhuvudtaget inte finnas något liv. Nutida forskare letar efter spår av vatten på olika planeter. Där det finns hav bör också finnas ett biologiskt liv. Havet är allas vår moder. Och, när jag föreställde mig att Adam och jag skulle komma samman i havet, kändes det visserligen lite pirrigt dock alldeles rätt. Nu återstod det bara att presentera denna idé för honom på så sätt att han inte skulle få för sig att jag var tokig. Jag var också spänd och nyfiken på hans reaktion. Jag trodde att han skulle bli förbryllad och kanske även chockerad. Men det visade sig att jag hade fel.

Adam visade upp smidighet och flexibilitet som bekräftelse på sin genuina kattnatur. Det förlöpte på följande sätt: Två dagar efter vårt första möte marscherade jag in i hans butik och gick fram till disken där han satt i sin slitna fåtölj. Just då var det folktomt i butiken och Adam reste sig, tog ett par steg och ställde sig intill mig. Han tittade på mig och jag kände spänningen mellan oss skjuta i taket. Inuti var jag mycket förlägen, utåt lugn och saklig. Detta kostade på.

Jag sa att svaret på hans fräcka förslag var positivt, men att jag hade ett villkor. Han slappnade genast av, log lyckligt och undrade om villkoret. Jag sa att eftersom vi båda var dykare tyckte jag att vi skulle kunna göra det under vattnet. Det blev en lång paus under vilken jag läste ur hans ansikte att han ansträngde sig för att föreställa sig hur en sådan undervattensparlek skulle kunna utföras i praktiken. Där gissade jag att Adams föreställningsförmåga inte var tillräcklig. Jag var beredd att ge honom assistans.

- Men hur...? framstammade han till sist.

- Hur skulle det gå till i praktiken? hjälpte jag till.

- Yes, oxygen, BCD, diving suite, all that ... you know.

- Oh that, we are not going to dive but snorkel, sa jag och hans ansikte ljusnade.

- Then I can't see any problem, sure we can do that. Detta uttalade han med en lugn röst.

Cool! tänkte jag men sa inget. Hans reaktion på mitt udda förslag gjorde mig helt fascinerad, den visade att han äger en praktisk läggning, att han är snabbtänkt, fördomsfri och inte rädd för nya erfarenheter. Jag tyckte att han var toppen!. Nu återstod det att komma överens om en för oss båda passande tid och en för ändamålet lämplig plats.

Vad gällde platsen föreslog jag Japanese Garden. Angående tiden föreslog Adam att vi skulle ta taxi dit på eftermiddagen, då skulle han kunna ta en lång siesta. Det som vi kallar brunch här hos oss, kallar de i Jordanien för siesta. Adam bad mig att komma till butiken vid fyratiden och försäkrade att han skulle stå för en taxi. Vårt samtal ägde rum vid tolvsnåret. Jag hade tillräckligt med tid för att smälta upplevelsen och förbereda mig både mentalt och praktiskt. Till det praktiska hörde min baddräkt och snorklingsutrustningen.

Jag återvände till butiken vid fyra. Adam låste dörren och vi gick i en riktning som ledde oss bort från hotellet. Jag kände mig obekväm att promenera vid sidan av en man som jag knappt kände, på väg mot ett äventyr som jag inte var säker på om jag skulle... Än var det inte för sent att ångra sig. Att göra eller inte göra? Det var frågan. Ett litet tag funderade jag på att smita. Men Adam gick bredvid bärandes på min väska och utstrålade en sådan självsäkerhet att jag skämdes för tanken på den egna ambivalensen.

Taxin väntade vid motorvägen. Adam kände chauffören. Vi åkte ett kort stycke fram och stannade mittemot marknadstorget. Där klev Adam ur bilen och bad mig vänta på honom i fem minuter. Han vandrade bort och försvann i en liten gränd. Snart var han tillbaka. I sin famn höll han en hög filtar som kröntes av en kudde. Chauffören öppnade bagageluckan, filtarna åkte in och luckan stängdes med en skrällig smäll.

- Oh my God! Hur pinsamt är inte detta! Jag hade lust att springa därifrån och själv försvinna i en av dessa förfallna gränder. Men det gjorde jag inte. För har man sagt A, ska man också säga B. Så jag sa B genom att tillåta att vi körde vidare. Det tog en kvart att komma fram till Japanese Garden. Vi satt i baksätet knäpptysta, inte ett ord till varandra på hela resan. Då och då sa Adam någonting till chauffören på arabiska, som för mig lät som Hrrm htmt hbnt... Bilen stannade vid en plats som jag inte kände till. Adam talade med föraren och översatte till mig att han bad om att bli hämtad om två timmar. Bilen gjorde en U-sväng och försvann ur siktet.

Adam och jag gick ner mot havet bärandes på våra dykprylar och på dessa filtar som skämde ut oss big time! Vi bytte om till våra badkläder i det fria, tog på våra masker och fenor vid vattenkanten och simmade ut. Jag hade på mig en salladsgrön hel baddräkt som gick upp till armhålorna. En sådan modell är smidig när man ska ta på den. Detsamma gäller när man ska ta av den. Alltså var min klädsel väl genomtänkt med tanke på ändamålet. Vi tog oss långt bort från stranden och bort från allt och alla som fanns på strandkanten. Nu var vi helt ensamma med Röda Havets marina invånare, som alldeles strax skulle bli stumma vittnen till vår dårskap.

Vi snorklar omkring och beundrar fiskarna. Vi värmer upp oss inför tilldragelsen. Adams maskerade huvud dyker upp framför mitt. Det våta ansiktet utstrålar beslutsamhet, han har tagit snorkeln ur munnen och är redo att skrida till verket. Jag backar lite och håller på med det som Adam ännu inte kan se under vattenytan. Och det jag gör är att jag rullar min gröna baddräkt ner till midjan och därigenom släpper ut mina bröst att flyta fritt. Sedan närmar jag mig honom och stoppar tillbaka snorkeln i hans mun. Han ser förvånad ut, förstår inte vad jag önskar härnäst. Men jag fattar tag om hans huvud med båda händerna och trycker det ner under vattnet, såpass djupt att han fortfarande kan andas genom snorkeln. Nu förstår han att jag vill att han ska se min nakna torso under vattnet. Han är där under mig och han inte bara tittar, utan rör också vid mina bröst och leker lite med dem. Det är härligt.

Nu kommer nästa steg - jag börjar rulla baddräkten ytterligare neråt. Han ska få se min mage. Hans snorkel försvinner ur sikte, Adam sjunker djupare ner och jag känner hans ömma försiktiga fingrar röra sig i cirklar runt min navel. Han stannar där ett bra tag, så jag börjar undra över hur länge hans enda andetag räcker. Men strax dyker huvudet upp, han tar luft och sänker sig ner igen. Jag övergår till steg tre.

Det steget innebär att jag tar av min baddräkt helt och hållet. Nu gör jag det. Adam är där nere och får sig en sjuhelsikes nautisk striptease! Hans fingrar, läppar och tunga arbetar ihärdigt. Jag är så spänd att jag inte längre vet om det han gör behagar mig eller inte. Han kommer upp och hans mun närmar sig min och hans armar räcker precis för att kunna få grepp om min stuss. Man kan föreställa sig att vid det här laget har han en erektion så det förslår. Den får jag njuta av när han sakta för in sin starka lem mellan mina sammanpressade lår. Jag upplever det som om jag rider käpphäst. Men nu märker jag att han försöker pressa fram några ord mellan sina darrande läppar.

Han ser mig rakt i ansiktet och stammar. Och jag börjar urskilja några få stavelser som jag inte kan binda ihop. Han upprepar mitt namn. Jag skärper hörseln, det är en utmaning att lyssna när ens öron befinner sig strax under vattenytan. Men nu lyfter jag upp huvudet och lyssnar till Adams desperata röst som verbaliserar det så kolossalt osannolika att jag

112

vägrar tro mina öron.

- I must tell you this: I am a vergine! You must know that before...

- What are you saying? Seriously? I don't belive you!
Jag skrattar hysteriskt och det gör att jag gungar.

- Sorry, it's true. Och han tittar på mig som om han har gjort något hemskt och som om jag var hans åklagare.

- WOW! är faktiskt det enda som jag kan svara på det överraskande erkännandet. Mina tankar snurrar runt på hög-varv, och spottar fram en lämplig lösning för att bota Adams åkomma.

- So what? säger jag.

Med detta avdramatiseras allt det sagda. Här tycker jag fak-tiskt att mannens oskuld är att föredra framför kvinnans. Spe-ciellt i sådana här tillspetsade marina situationer. Mannens oskuld är lätt åtgärdad. Jag lägger mina armar om Adam och drar honom närmare mig. Hans läppar möter mina och suger sig fast. Jag passar på att föra in min tunga i hans mun. Våra tungor känns sammanspelta och han andas häftigt in i mig. Det sista försiggår ovanför vattenytan.

På samma gång händer det saker och ting där nere under vattnet. Han är nu inne i mig och den gröna baddräkten flyter för sig själv ett stycke bort. Mina ben omsluter Adams midja, hans armar går samman vid mitt ryggslut och hans utspreta-de fingrar borrar sig in i min hud. Röda Havet är vår vagga och vi gungar i takt med vågrörelserna. Det känns som om han fyller mig väl! Men varför känner jag inte som jag brukar känna på land i ett liknande läge?

Han viker sig med huvudet under vattnet och suger ivrigt på mina bröstvårtor. Det känns som om jag var ett med ho-nom. Havet strömmar genom oss båda och tillsammans är vi havet!

En mänsklig kropp består mestadels av vatten, och ned-sänkta i havet helar och befriar vi oss från allt möjligt skräp som vi samlat på land. Man blir ett med det oändliga havet.

Men, efter att ha gett mig själv och Adam denna upplevelse, påstår jag att den kärleksakt som utförts i den marina miljön, upplevs av aktörerna som mindre erotisk än global. Denna kärleksakt känns mer abstrakt och mindre personlig. Det måste vara för att havet är så ofantligt stort, en mänsklig kropp upplevs av sin ägare som en droppe i havet. Alltså berörs våra kroppar snarare av havets erotik, än av erotiskt samspel mellan sexpartners i havet. Man kommer inte riktigt åt varandras innersta känslor, dessa bärs bort av havsvattnet och försvinner i djupet.

Men jag är ändå tacksam att jag fick uppleva det. Det blir för mig en värdefull erfarenhet att bära vidare. En erfarenhet jag inte skulle vilja vara utan.

Vårt kärleksspel fortsätter ett tag till. Det vi upplever är att vars och ens erotiska känningar, som väcks till liv genom en ömsesidig sensuell kontakt, genast upplöses i vattnet för att sedan bäras bort av förbipasserande vågor. Sinnliga känningar dröjer sig inte kvar i kroppen, därför känns kroppen så gott som obefintlig. Havet och dess djup överväldigar allt det som sker. Jag upplever det starkt.

Svårt att veta vad Adam känner, men jag märker att han börjar frysa. Hans tänder gnisslar något, hans händer darrar och hans läppar har fått en blåaktig nyans. Jag frågar om han fryser. Han nickar och jag säger att det är dags för oss att sikta mot torra land. Jag fiskar upp min baddräkt och drar på den. Vi rättar upp våra simmasker, in med snorkeln. Vi beger oss i riktning mot stranden. På vägen möter vi underbara fiskar.

Jag försöker dyka ner några gånger. Adam lär mig ett par nya knep för att motarbeta min sedvanliga flyttbarhet. Till exempel visar han hur jag kan gå ner från ett horisontellt läge till ett vertikalt. Nu gäller teckenspråket. Han pekar med två utspretade fingrar på sina ögon. Det betyder 'Se hur jag gör och gör likadant!' Och jag iakttar och försöker minnas. Adam viker sig i nittio graders vinkel och hans huvud och
114

överkropp försvinner under vattnet, medan hans stuss med utsträckta ben ligger horisontellt understödd av vattenytan. För stunden flyter jag upp vertikalt, så jag sänker mig ner tills mitt huvud är helt under vattnet. Jag andas genom snorkeln och ser hur han placerar båda fenorna mot vattenytan underifrån för att sedan utföra en spark i riktning mot havsbotten. Hans knän är nu böjda, och genom att räta upp benen kommer hans kropp i ett vertikalt läge med huvud neråt. Sedan fortsätter han bara med kraftfulla simtag ner till botten. Han rör sig mycket elegant. Jag tänker ta efter och träna på det.

Nu är vi åter på stranden. Det är sen eftermiddag men solen står högt. Vi torkar oss med varsin handduk. Han som är störst har en liten rosa handduk och jag som är minst tar den stora leopardprickiga. Jag tittar på Adams kroppshydda, den ser annorlunda ut än den gjorde under vattnet. Jag är något chockad över händelsernas utveckling, den där överraskningen med hans oskuld och en del andra funderingar.

Framförallt är jag fortfarande lite osäker på en sak.

- Vad tycker Adam om mig? Vad känner han för min kropp? Jag är osäker, det är jag alltid och det hela tiden. Men nu råkar det vara så att jag är mycket äldre än han. Det är väl bäst att jag frågar. Jag gör det.

Oförskräckt vänder jag mig mot honom med:

- What did you think of my body? How did you like it?

- I did not like it... När jag hör den början på meningen rullar mitt hjärta rakt ner i magen. Jaså, det vad tråkigt, tänker jag och vänder mig bort utan att ge honom möjlighet att fortsätta meningen. Det, att jag styrt upp vårt första kärleksmöte till havet, hade ett särskilt ändamål. Jag ville att han skulle få se min kropp i havet från alla möjliga och omöjliga vinklar. Jag ville ge honom tid och svängrum för att studera min kropp med dess fördelar och brister. Jag tycker inte om överraskningar och vill förebygga alla eventuella missförstånd. Som den tvilling jag är, vill jag ha klarhet och ärlighet hos dem jag umgås närmare med.

Och nu fick jag så jag teg, osis! Men efter en liten paus fortsätter han:

- I do not like your body. I love it!

Och därmed återvänder mitt hjärta till sin rätta plats. Tillsammans går vi till parkeringen där taxin väntar. Vi kliver in i bilen och åker tillbaka till Aqaba. Där ska Adam arbeta av sina återstående timmar i butiken och jag ska till hotellet och slappa och smälta det som har skett under dagen. Vi pratar om möjligheten att Adam kan sova hos mig på hotellet i natt. Men det vet jag ännu inte om det skulle fungera. Fördelen kan vara att ensam hyra ett dubbelrum där jag betalar för två. Men här i Jordanien har de stränga hotellregler. De har också sin egen annorlunda moral som är dubbelmoral. Moralen går ut på att landets turister är tillåtna att sova i varandras hotellrum även om de är av olika kön, inte är släkt med varandra eller inskrivna på olika hotell. Men en jordanier är inte tillåten att besöka en västerländsk turist i fall de två är av olika kön. Detsamma gäller om båda råkar vara jordanska medborgare.

Mer än så: de jordanier som är inskrivna i Aqaba förbjuds att ta sig in på stadens hotell helt och hållet. Om de försöker göra det, blir de stoppade, anmälda och hämtade av polisen. Chansen att ta sig in på mitt dubbelrum ser inte ljust ut för Adam. Men jag tänkte ändå försöka att fixa till det så att vi skulle kunna tillbringa natten tillsammans. Vi ska väl fortsätta med det vi har påbörjat.

Jag seglar in i hotellets lobby, jag utstrålar friskhet och självsäkerhet. Jag doftar hav och fransk parfym. För första gången ser jag en kvinna sittandes vid receptionsdisken. Där har jag tur! Det är mycket behändigare att tala om sådant med en kvinna än med en man. Jag hälsar, säger mitt rumsnummer och får nyckel 210, som den här gången utgör en riktig nyckel och ingen plastbit. Kvinnan frågar artigt om hur min dag har varit. Jag svarar att dagen förlöpte helt strålande. Jag

116

undrar hur hon själv mår och sedan frågar jag hur ofta hon passar receptionen.

Hon svarar leende att hon mår bra och att hon arbetar här på hotellet varannan dag till klockan fem. Jag slår vad om att hon känner på sig att jag tänker be henne om en tjänst. Hon är helt koncentrerad på mig och väntar på vad är det jag ska säga. Först gör jag henne uppmärksam på att jag bor i ett dubbelrum. Sedan säger jag att jag har en pojkvän här i Aqaba och att jag skulle vilja ta honom upp på rummet i natt. Jag ser rakt in i hennes ögon. Det jag avläser är att min fråga inte alls är chockerande, hon är helt förberedd på den sortens frågor.

Hon sänker blicken och säger halvhögt att detta är inte omöjligt, men inte heller självklart. Hon säger att det är förbjudet för en receptionstjänsteman att låta en person som inte är inskriven passera förbi receptionen. Alla passerande måste identifieras och registreras, kopior av handlingarna bör faxas till polismyndigheten. Vad hon kan göra för mig med hänsyn till denna regel är att identifiera och registrera min pojkvän genom att hyra ut ett annat hotellrum som ligger på samma våning. Hon kan registrera honom i hotellets liggare på datorn, men efteråt 'glömma' att faxa iväg handlingarna till polisen.

För mig låter det krångligt dock upplysande, och jag frågar om inte hon riskerar att själv bli anmäld när hotellets ledning upptäcker att hon är så 'glömsk'. Hon skrattar och säger att visst tar hon en risk men ämnar be nattvakten, som kommer vid fem på kvällen och går sju på morgonen, att radera dessa handlingar ur datorn! Hon nämner ett pris för att genomföra denna mission impossible. Det blir inte billigt, och jag påminner henne att jag redan betalar för två. Hennes fantastiskt vackra ögon viker undan min blick och hon menar att de inblandade löper risk att förlora sina respektive arbetsplatser. Det är förståeligt, jag tar fram plånboken ur väskan och betalar. Nu är saken ur världen och jag kan slappna av och ägna mig åt förberedelser inne på rummet.

Adam jobbar dagen ut och vi träffas i dykbutiken strax före tio. Den här gången har han några hos sig i butiken. Bland dem finns två män som anmäler sig till att dyka, en äldre och en yngre kille. Den äldre är gladlynt och livlig och den andre är stel och intetsägande. Jag börjar prata med dem på engelska, vi diskuterar Aqabas dyksajter och platser vi känner sedan tidigare. Det visar sig att de är far och son och att de är från Stockholm, svenskar. Då glider vi in på svenska och jag märker att Adam känner sig utanför.

Männen verkar vara så trevliga att jag dras med och får lust att dyka tillsammans med dem. De blir glada när jag säger att vi snart blir buddys. Jag ber Adam att anmäla mig till samma dyktutflykt. De vet ännu inte säkert vilken av de närmaste dagarna de ska dyka. Jag säger att i morgon är jag upptagen, men från och med övermorgon är jag helt fri från alla andra aktiviteter. I måndags besökte de Petra med Apollo och det var en stor upplevelse, berättar de. Jag håller med.

Nu blir det dags för Adam att stänga för dagen och vi går till utgången. Svenskarna försvinner i mörkret, medan Adam hänger upp ett kraftigt hänglås på butiksdörren. Jag väntar på honom i trappan och vi vandrar sakta mot hotellet. Under tiden inviger jag honom i den förestående proceduren angående hans inskrivning på mitt hotell. Vi gör en muntlig genomgång och sedan förhör jag honom för att kolla upp att han har uppfattat det hela rätt. Det som vi ska klara av är följande:

Jag gör min entré allra först, vandrar förbi receptionen, fram till hissen och upp på mitt rum. Jag har min nyckel. Han ska gå in fem minuter senare, visa sitt körkort och hyra sig ett rum, därefter ta hissen till andra våningen och leta upp rum nummer 210. Han kommer att knacka på och jag kommer att öppna. That's it! Adam upprepar det hela två gånger. Jag är tillfreds med förhöret och promenerar in i hotellets lobby. Adam stannar utanför och röker. Han ska röka i exakt fem minuter.

Äntligen knackar det på min dörr, Adam är här.

118

Han tar av sig skorna och lämnar dem i hallen. Sedan befriar han sig från kläderna och hänger dem på stolsryggen. Nu är han inne i badrummet och kliver in i badkaret utan att dra för duschdraperiet. Adam duschar och vattnet stänker runt badrumsgolvet för att sedan rinna ut i hallen. Osis! Det är nämligen så att mitt badrum saknar golvmopp. I fall jag själv råkar spilla på golvet torkar jag upp det med hotellets handduk. När jag är ensam klarar jag mig galant. Jag bor i dubbelrum och därmed får jag dagligen två fräscha badhanddukar. Med den ena handduken torkar jag mig själv och den andra används som en skurtrasa.

Men för tillfället är vi två och behöver de båda handdukarna att torka oss med.

- Herre min Gud, vet de inte här i Jordanien hur man duschar? Varför drar Adam inte för draperiet? Vad ska jag göra nu för att torka bort den pölen? Jag kastar ner en ylletröja vid badrumströskeln. Jag retar mig på bristen av skurtrasor medan min Adam njuter av tvagningen. Nu är han ute ur duschen, skinande ren. Fortfarande har jag mina kläder på. Innan jag tar av mig vill jag släcka ljuset. Adam protesterar - han vill se mig naken! Jag säger ifrån, går in i badrummet och låser om mig. Jag klär av mig och tänker kliva ner i badkaret. Men det är halt på golvet och jag torkar det med Adams blöta handduk.

Jag ser den andra handduken som prydligt ligger vikt på översta hyllan ovanför badkaret. Jag duschar hastigt och sveper in mig i handduken. När jag är inne på rummet ser jag att Adam står naken på min balkong och röker sin Marlboro. Det är mörkt på rummet och ljust på balkongen. Vad tänker han på? Och jag drar honom in i rummet.

- Du kan ju bli sedd. Du ska ju inte vara här hos mig utan på ditt eget låtsasrum...

Han ler helt nonchalant och dirigerar mig till sängen istället. Vi är i sängen. Vi kämpar och flåsar och söker efter en lämplig position för att kunna njuta maximalt av varandra.

Det känns som om det var mycket smidigare under tiden i havet. På torra land känns vi tunga och otympliga. Hans vassa armbågar åker in i mitt mjuka kött och mina runda knän knuffar honom i magen. Han lägger locket på mina initiativ genom att ta ledningen. Han snurrar mig runt om och han lyfter mig upp genom att lägga sina sammanflätade händer under min ryggrad så att hans underarmar hamnar under min stuss. Mina knäböjda ben åker åt sidan så att han hamnar bakom min rygg. Hans kropp följer min vinkelböjda kroppsform och han försöker komma in i mig bakifrån. Värst vad han pressar - det gör ont. Och det går ju inte.

Nu plötsligt verkar det som om det inte är han utan jag som är oskulden! Till en del beror det på vår skapare som konstruerat min kropp med alltför smala kanaler. Den öppning som Adam är ute efter är trång, trots att jag har fött ett par barn. Under åren har detta faktum konstaterats av olika gynekologer upprepade gånger. Det uppenbarar sig för den snälla doktorn då han eller hon försöker sig på att undersöka mig med hjälp av ett brukligt metallverktyg som till utseende påminner om en tång. Verktyget får inte tillräckligt med plats i den trånga kanalen.

Vissa av mina gynekologer ger inte upp i första taget. De menar att kanalen är elastisk och försöker förstora upp den med hjälp av verktyget. Då börjar jag skrika för full hals. Det gör ju ont och det tänker jag inte stå ut med. Jag vet redan att proceduren är ogörlig. Det är min kropp, jag har varit med om sådant förr. Jag upplyser dem om detta faktum, men dessa nitiska yrkesmänniskor börjar referera till min mogna ålder och mina två barn. Mäkta överraskade bläddrar de i min patientjournal och undrar. Men det hjälper dem inte ett dugg.

Till slut lägger doktorn tången åt sidan och kallar på sköterskan. I hennes trygga närvaro sätter han på sig en gummihandske och utför hälsokontrollen med pekfingret istället. Då går det galant! Men när jag försöker upplysa i förväg att i mitt
120

fall är deras undersökningsverktyg värdelösa, möter de mig med misstro. Vilken dårskap. Det ovanstående är orsaken till att jag är noga med att välja mina gynekologer. Där föredrar jag män framför kvinnor. Män är mindre envisa och ger fortare upp.

Adam är en man och därför är han mindre envis. Han fattar att det måste finnas ett annat sätt att beträda mig och han söker ivrigt. Jag hjälper till, jag söker med honom. Jag vet att varje gång blir det olika. En sak är avgörande: jag måste bli ordentligt blöt. Han bör hitta ett sätt att få safterna rinna. Och det lyckas till slut.

Nu är Adam inne i mig. Jag ligger på min vänstra sida. Jag har ett av hans knäböjda ben under mig och det andra vilar ovanpå. Våra ansikten är tätt intill varandra, våra läppar är sammanpressade. Jag suger in i mig både hans tunga och fallos. Dessa kroppsdelar uppfyller mig, ger en härlig känsla bortom beskrivning. Det känns skönt i hela kroppen, speciellt nedåt. Vilken upplevelse! Vi är sexuellt kompatibla. Det är inte ofta man möter en partner som verkligen passar. Känslan eskaleras eftersom våra rörelser harmonierar perfekt. Det går för oss båda samtidigt.

Adam stannar inne i mig ett bra tag efteråt. Vi viskar till varandra. Han viskar att det var en utmärkt idé som han kom med. Jag undrar vad det är han menar. Han säger att det var idén om att be mig ha sex med honom. Jag håller med. Det var en mycket vågad idé som slog rätt!

Nu stiger han upp och är på väg till badrummet. Han duschar och jag är med och sträcker honom den blöta handduken som användes till golvet. Adam har ingen aning om det, jag tycker att han bör stå sitt kast. Har man stänkt ner golvet, får man torka sig med samma handduk. Adam bryr sig inte, han märker inte ens att handduken är så gott som likvid. Av oss två är det jag som är petig och det gäller inte bara blött golv.

Innan, medan Adam höll på inne i badrummet, hade jag tagit alla hans klädesplagg från stolsryggen och hängt ut dem på balkongen. Hans skor i storlek 45 åkte också ut då de upptog halva hallen och luktade illa... Nu röker han igen på balkongen. Det är mörkt där ute därför att jag släckte belysningen. Än har han inte märkt att hans kläder hänger på balkongräcket, men det kommer han att upptäcka när han tar sin första cigarett i morgon bitti. Och då ska jag med på en båtutflykt. Jag måste stiga upp väldigt tidigt, så jag föreslår att vi lägger oss och sover. Nu vilar vi bredvid varandra. Vi ligger på rygg och tittar ut i mörkret.

Adam säger att han har en fråga till mig. Innan han vågar ställa den, vill han upplysa mig om sättet på vilket jag måste svara. Det är en speciell fråga och den kräver sitt speciella sätt att besvaras. Han säger att efter ha uttalat frågan ska han räkna till tio. Om han får svar efter att ha räknat färdigt, betyder det att svaret är negativt. Positivt har jag rätt att svara när som helst under denna uppräkning. Det går jag med på. Jag väntar på frågan. Han andas fram:
- Would you marry me? Han hinner inte påbörja räkningen innan jag skriker:
- NO!!!!
Nu är han inte lite besviken och han undrar:
- Why not?
- Jag kan ge dig minst hundra skäl. Och jag börjar med det första: Därför att jag har min egen föreställning om hur jag kan hålla mig harmonisk. Äktenskap har ingen del i den.
Nu undrar han förstås vad är det som platsar inom föreställningens ramar. Jag säger att jag arbetar hårt med varierande egna projekt och inte har råd att bli distraherad av någon eller något. Speciellt inte av en man som bor i mitt hem. Jag har haft ett par äktenskap bakom mig och har kommit fram till att jag vill bo själv. Även om jag inte vill vara helt utan kärlek. Ja, jag vill inte heller leva utan sex, därför att min
122

kropp är som gjord för sex. Men jag önskar mig en självständig partner som har sin egen bostad och som accepterar min integritet och frihet. Detsamma skulle gälla för mig. På det sättet kan man träffas om och när det passar båda.

Min Adam bara ligger där och är tyst. Han är nedslagen av min förklaring. Tydligen har han aldrig hört på maken. Han tänker så intensivt att jag tycker mig höra hans tankar välla runt i hans huvud och studsa mot varandra. Till slut säger han:
- Jag hoppas att du kan tänka dig att omdefiniera den föreställningen.
- Oh nej tack. Det vill jag inte och det tänker jag inte göra. Och för att avleda honom från ämnet frågar jag om någonting helt annat. Jag frågar hur det kommer sig att han är så duktig på sex, när han inte ens haft sex en endaste gång före mig.
Nu får jag svar så öronen ramlar av. Att arabiska män inte kan unna sig sex först efter giftermålet gör att många män tittar på videofilmer och lär sig av det. Nu blir det min tur att bli chockerad:
- Vadå för sorts video? Porrvideo?
Svaret är jakande. Jag får veta att Adam tittar på porrvideo regelbundet. I sällskap med sina kompisar. Vad de gör under tiden kan jag bara föreställa mig. Hans lem verkar vara välutvecklad och vältränad. Nu är det min tur att häpna, jag är helt snopen och därmed mållös. Jag saknar mycket, men inte förmågan att kunna föreställa saker och ting, jag är ju konstnär. Först målar jag bilder i min fantasi och sedan på dukar. Jag är superbra på att visualisera. Hur ska jag nu kliva ur de bilder som min inbillningskraft målar upp för mig? Detta är allt annat än roligt! Helvete! Att jag måste snubbla över den jordanska sexundervisningen just nu... Nu försöker Adam rättfärdiga sig.
Han menar:
- Vad ska de stackars arabiska hingstarna ta sig till? Han be-

rättar att ett muslimskt giftermål är en långdragen, komplicerad och mycket dyr procedur. Han vill gifta sig av kärlek och inte av sexuell nöd. Då finns det bara två sätt att välja mellan: antingen titta på video med handen på stället, eller gå till those bitches. Så säger han.

Nu smäller jag av! Jag vet precis vad han menar, men jag låtsas som om jag inte förstår. Jag frågar oskyldigt:

- Bitches? What kind of bitches?

- Whores, I mean whores. Women who are selling sex.

Det är inte så att jag behöver förklaring, utan jag vill vinna tid till att kunna besluta mig för hur jag bör reagera. Just för stunden upplever jag Adam som en för mig vilt främmande människa. Och orsaken till det är att jag tycker att han inte är snäll. Innan trodde jag att han var det, men det är han tydligen inte. I alla fall inte mot de hårt arbetande kvinnorna! Är man snäll, då är man god mot alla. Mot kvinnor och män, mot gamla och barn, mot djur och växter, mot sina nära och främlingar. Man kan inte vara snäll, om man väljer vilka man ska vara snäll mot.

Så nu är jag sur som ättika och vill inte se honom mera. Jag säger:

- How can you say that? A whore is a working woman. She is doing her job because she needs money to support herself. It's not certain she even likes sex, but she makes it her way to survive! You can't call her a bitch! It's not kind and I strongly dislike it! I really really do.

Nu är jag arg på honom och han flyr till balkongen. Han röker ett tag medan jag kämpar att återfå balansen genom att ursäkta Adam med hjälp av de förmildrande omständigheterna. En sådan omständighet är språket. Han skulle kanske uttryckt sig känsligare på arabiska. Han är skicklig på engelska men jag misstänker att på sitt eget språk är han en riktig höjdare. Jag vet att han skriver dikter. Adam återvänder från balkongen. Intuitivt känner han vad som pågår i mitt huvud, för han säger:

- Men jag märker här att riktigt sex inte liknar porrsex från videoband eller cd. Det verkar inte stämma med verkligheten...

- Neej, det förstås.

Här har du en varm och levande kvinna. Gläd dig åt det!

Jag har sagt mitt, men av nyfikenhet frågar jag hur han egentligen menar, vad är det som skiljer dessa två åt?

Han blir riktigt upplivad av frågan. Han sätter sig rakt upp i sängen och det ser ut som om han siar in i den pornografiska videovärlden. Han talar om för mig att nu ska han ge mig ett exempel. Det handlar om kvinnobröst. På video verkar kvinnans bröst vara hård som en kamelrygg. Eller som två berg vilka skjuter i höjden. För första gången idag har det honom förunnats att upptäcka att de kvinnliga brösten är mjuka och sköra.

Jag vet inte riktigt vad jag ska säga om det utan att förödmjuka alla andra kvinnor. Så jag säger att brösten varierar och att alla kvinnor faktiskt är unika. Men kamelrygg är det aldrig. Tack och lov intresserar sig inte Adam för alla andra kvinnor, i alla fall inte just nu. Åter är han inne på det gamla giftermålsspåret. Han frågar vilka mina andra 99 skäl är för att inte gifta mig med honom.

Nu är det mitt i natten. Jag säger att vi tar den diskussionen senare. Nu tänker jag sova. Men jag märker att Adam är upphetsad. Det måste vara den där jämförelsen med kamelryggen. Han tar på mina bröst och börjar smeka mig även på andra mer undanskymda ställen. Jag tänker inte ge honom orsak till att väcka mig tidigt på morgonen. Jag är inte precis en anhängare av morgonsex. Så vi startar om och det känns gott. Vi kommer till final samtidigt.

Kan man tänka sig? Återigen! Jag börjar ana att detta inte är en slump utan regel. Adam är min perfekta sexpartner! Nu äntligen kan jag med gott samvete förverkliga min dröm, det där med att sova i en mans armar. Adams armar passar perfekt. Han har rätt så breda axlar. De är mjuka och avrundade på ett sätt så att min kind kan vila mot hans axel istället för kudde. Det gör jag nu och det känns mysigt. Hela han är kramgod och vi kurar ihop oss. Vi sover tungt återstoden av natten. Jag väcker honom vid den av portieren anvisade tiden. Adam ska lämna rummet innan städpersonalen påbörjar sitt skift...

Det ovanstående är vad jag nu minns av mina allra första kärleksmöten med Adam. Jag funderar över dem efter att han lämnat rummet på Mövenpick med boken under armen. Mycket har hänt under tiden vi varit åtskilda. Innan vi tog vårt adjö förra året upptäckte jag någonting ganska märkligt. Det gällde de nya fenor som från allra första början blivit orsaken till vår bekantskap.

Under mina påföljande snorklingsturer som involverade de nyförvärvade fenorna tycktes det mig att jag plötsligt drabbades av en ovanligt dålig balans. När jag var i havet och ville simma rakt fram kändes det som om det drog åt höger. Det var irriterande och jag skyllde företeelsen på min starkare högersida.

Det är nämligen så att människokroppen inte är fullt symmetrisk. I de festa fall är ens högra sida mera utvecklad än den vänstra. Exempelvis kan ens högra arm vara mer utvecklad, starkare eller längre än den vänstra. Jag vet i alla fall att mitt högra öga är större än mitt vänstra. Alltså skyllde jag först på detta. Det var innan jag kom på att ställa mina nyköpta fenor mot varandra.

Fenorna stod på tork vid balkongräcket när jag kom på tanken att mäta deras längd med hjälp av linjalen. Den samma linjal som jag mätte Adams sakrala kroppsdel med. Det visade sig att den ena fenan var hela tio centimeter längre än den andra. Och vad gällde fotfästena skilde de sig från varandra med två storlekar.

- Oh my God! Där fick jag förklaringen till den ständiga obalansen. Man kan undra hur det kommer sig att jag hade missat det tidigare. Jag använde mina fenor varenda eviga dag efter att ha köpt dem i Adams butik. Svaret är att när jag först provade dem i butiken hade jag bara en fena att tillgå. Och när jag satte på de båda fenorna vid vattenkanten gjorde jag det med en fot i taget. Den ena kändes rätt så trång, den andra satt ledigt. Det förklarade jag för mig själv med att den högra foten är säkert en aning större än den vänstra, Så jag kom inte på det att det var fenornas olika längd som orsakade obalans när jag simmade.

Saken kan ha att göra med mitt astrologiska tecken, jag är en Tvilling. Om man är det, kan man ha två motsatta känslor eller tankar på en och samma gång. Och det känns normalt. Man märker det inte ens eftersom denna ständiga tvetydighet blir en vana. Men obalans i havet är inte att eftertrakta, saker kan hända. Samma dag jag blev medveten om fenornas olikhet bestämde jag mig att rätta till misstaget. Adam borde ha makar till fenorna någonstans i butikens lager. Jag hade ju mina mått att bekräfta det med.

Detta hände under min näst sista dag i Aqaba. Så jag packade fenorna och den lilla linjalen i den rosenprydda plastkassen och drog iväg till butiken. Adam blev glad att se mig men inte plastkassen jag höll i handen. Särskilt irriterad blev han när han såg linjalen. Jag ställde fenorna mot en vägg och räckte Adam linjalen. Han ville inte ta emot den och sa att han observerat skillnaden. Och min fråga blev:

- Varför såg du inte skillnaden när du packade in fenorna på butiksdisken? Den borde väl ha märkts långa vägar?!

På den frågan fick jag inget tillfredsställande svar. Han sa att det inte fanns fler fenor av den italienska modellen på lagret. Han påstod att han letat, men jag var inte så säker på att detta var sant. Jag sa att om han inte kan hitta två fenor i samma storlek, måste jag returnera de jag köpt och få mina pengar tillbaka. Adam sa att det var inte möjligt, för butiken var inte hans. Den argumentationen hade jag hört förut och jag sa:

- Om inte du kan rätta till misstaget med din chef, så måste det bli jag som gör det. Var snäll och ge mig butiksägarens telefonnummer. Han sa att det inte behövdes och att han skulle försöka prata med mannen omgående.

Jag förklarade att min semester snart var över och att jag helst behövde jämnstora fenor och det bums. Om inte Adam kunde klara av det, skulle jag hitta ett annat försäljningsställe för att köpa ett nytt par. Jag hade redan på förmiddagen sprungit runt på stan och hittat väldigt snygga rödsvarta fenor i en annan dykbutik längre bort.

Adam bad mig att återvända om en timme. Jag sa att jag skulle göra det. Jag frågade också om han hade bokat in mig på en dykning med svenskarna. Svaret var negativt.

- Varför inte, om jag får fråga? Jag har ju bett dig att boka in mig på dyket med svenskarna... Har de redan dykt färdigt? Han nickade bara.

- Bloody hell! I came here to enjoy the Red Sea! You know it's very important for me! Why didn't you tell me? What's your reason?

Han svarade inget på det, men jag visste redan att orsaken var Adams svartsjuka. Han ville inte att jag skulle dyka med andra män. Punkt.

Jag återvände efter en timme och fann Adam lite gladare än förut. Han letade i sina fickor och tog fram några skrynkliga och kroppsvarma denarer. Han sa att han hade pratat med butiksinnehavaren och fick tillåtelse att ge mig tillbaka en del av pengarna och låta mig returnera fenorna. När jag räknade dessa denarer såg jag att de skulle räcka precis till de nya rödsvarta grodfötterna. Dock utgjorde summan drygt hälften av det jag betalade för det ojämna flotta paret.

Jag fick jämna fenor och slapp simma snett under den åter-
128

stående tiden. Dock vid köpet i den andra butiken visade det sig att även de rödsvarta var två storlekar större än vad som behövdes. Det är nämligen så att i arabvärlden räknas kvinnliga dykare som sällsynta, om alls befintliga. Så jag fick nöja mig med den minsta storlek de hade. Så svårt var det inte. Min högra fot var redan van vid en större storlek. Det återstod att anpassa den vänstra. Det gick lekande lätt och jag fortsatte att njuta av snorklingen. Rödsvarta fenor matchade fint med min rödsvarta bikini. Hela ensemblen motsvarade också havet som kallas Röda Havet! Jag kände mig kompatibel med havets mångfärgade fiskar.

Dock var inte denna fenkrönika riktigt slut. En månad efter min återkomst till Stockholm fick jag ett mejl från Adam. Vi skrev till varandra, men just det meddelandet handlade om de omaka fenorna. Adam talade om för mig att han hade lämnat butiken, men innan dess fick han köpa ut mina fenor. Nu hade han dem hemma hos sig som minne av mig! Han skrev att när vi ses nästa gång ska jag få den minsta fenan av honom i present och att han tänker behålla den största.

Det lät väldigt gulligt, det gläder mig att min Adam är en sådan romantiker. Det är han verkligen. Genom alla dessa mejl diskuterar vi våra olika kulturer och lär oss mer om varandra. Den känslige Adam skulle lära mig att känna. Jag, den tänkande, skulle lära honom att tänka. Det skulle kunna bli ett vettigt utbyte, vi får leva och se hur det går...

Japp, så tänkte vi förra året!

Och i år har jag kommit tillbaka till Adam, men det verkar som om vi inte har kommit så värst länge sedan sist. Här menar jag kännedom om och förståelse för våra respektive kulturer. Det visar sig klart och tydligt under vårt andra kärleksmöte på Mövenpick. Och...

... det mötet utvecklas på följande vis:

Jag tappar upp badvattnet. Adam knackar på dörren. Jag

öppnar och bjuder in honom. Jag säger att han strax kan hoppa i badkaret, men först vill jag visa honom presenten som jag tog med från Sverige till hans syster. Han har en syster som jag hört talas om men aldrig mött. Jag slår upp resväskan och tar fram en svart liten plastpåse. Från den tar jag upp en röd tröja. Det är en tunnstickad långärmad och något urringad tröja av märket Benetton. Jag viker upp plagget på sängen för Adam och han tittar. Men jag ser ingen reaktion, han säger inte ett ljud. Konstigt. Jag viker ner tröjan tillbaka i påsen och säger att han kan ta den med när han går.

Han tar av sina kläder i badrummet och slänger ner dem på golvet. Han sänker sig i badkaret som redan är fyllt med skum från Döda Havet. Det är nämligen så att Mövenpick håller sig till Dödahavsprodukter för att behaga sina gäster. För mig är det viktigt. Men inte för Adam. Han struntar i vilket bara han får bada. Jag drar för draperiet, det gör han aldrig själv. Jag frågar om han tagit med boken Fraktal Time, för att jag ser ingen bok. Nu hör jag:

- You can begin to kill me now! Detta kommer som svar på min fråga, samtidigt som det utgör en markering på att han minns vad jag bad honom om förra gången. Jag sa ju att jag 'dödar' honom i fall han skulle glömma min bok. På detta säger jag ingenting. Det finns ingen mening i att bråka om boken när vi strax ska älska. Men det är omöjligt att låta bli att tänka på Benettontröjan. För att jag tror mig märka att när Adam betraktade tröjan koncentrerade sig hans ögon mest på urringningen.

- Helvete heller!

Nu retar jag mig på Adam. Han tänker på att hans syster inte får exponera ens den övre delen av bröstet en endaste centimeter. Och samtidigt vet jag att det finns inget som han själv hellre tittar på än min urringning. Vilket hyckleri! Jag får visa mina bröst både för honom och alla andra, medan hans syster inte får göra det. Bryr han sig inte lika mycket om mig som om henne? Säkert inte, eller hur? Här har vi beviset.

Adam kommer ut från badrummet, jag ligger på sängen. Ljuset är släckt och den här gången tycker vi båda att vi ska ta vara på tiden. Han lägger sig bredvid mig och vi skrider till verket. Jag har en flaska med doftande olja vid sängen, jag vill leka arabisk 'tusen och en natt'. Jag måste bara lära Adam hur han ska smeka mig innan han kastar sig in i det allra sista stadiet. Jag tänker vägleda honom och ber honom ligga still. Han lyder och jag börjar smörja in honom med smekande försiktiga rörelser. Han ligger där och njuter.

Jag börjar med hans hårbetäckta bröst och jag rör mig ner-åt. Jag smörjer in hans armar och mage. Mina fingrar kret-sar vid naveln. Händerna förflyttar sig mot hans lår och jag stryker oljan på insidan av låren. Vi gosar och han stönar i takt med mina rörelser. Han tar ifrån mig flaskan och börjar täcka mig med oljan. Men hans sätt är inte lika kärleksfullt som mitt, det känns att han är stressad och har för bråttom att tränga in i mig. Jag stoppar honom och ber honom att lägga sig på rygg. Han gör det, men han börjar slita och dra i mig lite för mycket. Jag sätter mig grensle över honom och han fattar tag i mina bröst och klämmer åt hårt. Jag funderar på vad jag ska göra för att sakta ner hans tempo, när jag plötsligt hör honom säga:
- Suck my dick!
- Va'? Jag tror inte mina öron. All min lusta flyr sin kos och jag vänder mig på rygg och ligger där bredvid honom helt snopen. Han stoppar alla aktiviteter och är alldeles tyst. Han känner mig väl vid det laget. Han vet att han har gjort bort sig. Men det han inte vet är hur. Stackars lilla Adam!
Nu kommer samtalet igång, då jag förklarar att det är väl-digt ofint att uttrycka sig på det viset. Det vill säga det gör man inte om man är på det här stadiet av relationen. Han undrar vilket stadie det får vara. Jag tänker noga och säger att när en kvinna gör det som han nyss bad mig om att göra, måste hon antingen vara totalt tanklös, eller så ska det finnas

en närhet och tillit mellan parterna. Det förstår han inte. Han trodde att man alltid gjorde så.

- Inte i min värld, säger jag och ställer frågan:

- Svara mig ärligt, skulle du nu vilja slicka mig där mellan benen? Och jag nickar i riktning neråt. Det märks att Adam tänker så det knakar för att föreställa sig det. Det går trögt.

Till slut säger han:

- Nej, det skulle jag inte.

- Då så! säger jag. För det du bad mig om nyss, är en motsvarande handling. Det du inte vill göra, vill inte jag göra heller! Vår relation är inte på det stadiet, säger jag ju. Vi kanske kan komma dit, men vi är inte där än.

Nu tror jag att han förstår, men saken är den att jag har förlorat all lust att fortsätta med parningsleken. Nu vill jag bara att han ska lämna mig i fred. Jag får stanna här i mitt eget sällskap. Jag kan tända lampan och börja läsa en bok, eller sätta mig vid bordet och måla en akvarell på de fiskar som jag har träffat idag. Eller så kan jag bara fortsätta med mina egna tankar, utan att dessa ska avbrytas av någon som inte tänker som jag. Jag ligger och säger ingenting, men Adam måste ju förstå att nu är jag långt borta. Han har säkert på känn att jag nu önskar att han lämnar mig. Och han frågar:

- Vill du att jag ska gå nu?

Och jag svarar:

- Ja, tack. Nu finns det inget annat att göra. Dessvärre.

Innan han avlägsnar sig frågar jag honom om han har hunnit titta i boken. Han säger att han arbetar hela tiden och nej, han har inte hunnit med det. Jag säger att det är synd, för jag tog med den boken på resan eftersom jag trodde att vi skulle läsa den tillsammans. Han, som intresserar sig både för andlighet och för mikroekonomi, borde uppskatta denna bok.

Jag säger att författaren har arbetat som en ledande programmerare och designer av operativa datasystem för Cisco och Aerospace i USA. Adam lovar att bläddra i boken innan han lämnar den i hotellets reception på avresedagens morgon. Jag säger okej och han frågar om jag vill att han ska komma tillbaka med den italienska fenan. Han säger att jag måste ta med den till Stockholm.

Erbjudandet låter fortfarande romantiskt, men jag känner mig inte upplagd för någon som helst romantik efter att jag nyligen blivit ombedd att 'suga hans kuk'.

Dessutom är min resväska redan fullproppad med kläder, Döda Havets produkter, de nya rödsvarta fenorna och den feta dykdräkten. Jag säger att jag avböjer erbjudandet för den här gången. Det är taskigt av mig att säga så, genast drabbas jag av dåligt samvete. Men just nu orkar jag inte med att vara på rätt sida av saker och ting. Det får väl bli vid ett annat tillfälle, jag kan inte göra någonting för stunden.

Dörren slår igen, Adam är ute ur mitt liv. För den här gången. Härmed andas jag min fulla frihet.

Nästa kväll, när jag återvänder från dagens dykning på Cedar Pride, ligger Fraktal Time på det runda bordet vid fönstret. I boken finns ett vackert krämfärgat kort på fint papper instoppat. Och där står skrivet:

- This is really an interesting book.
Adam

7
Vrakdykning

Vrakdykning

Å ret innan, under återresan från Döda Havet, var jag med om någonting som även efteråt kändes som en stark och långvarig upplevelse. Vi satt och slöade på Apollo-bussen. Det höll på att bli mörkt utanför och man kunde inte längre roa sig med förbipasserande landskapsbilder. Det hände strax efter busstoppet där Barbro och jag hade sköljt av lera från våra ansikten och åter blivit vita. Efter att ha sovit ett tag kände vi oss pigga och till brädden fyllda med dagens upplevelser.

Apolloguiden tog upp mikrofonen och sa att nu var det dags för oss att träffa Jordaniens allra viktigaste person. Jag spetsade upp öronen och vände mig mot grannen. Han visste ingenting om någonting och det gjorde inga andra heller. Alla tittade undrande på varandra, för guidens röst lät både hemlighetsfull och entusiastisk. Hon fortsatte med att säga att personen ifråga är mycket upptagen, men att han har spelat in sig på ett videoband och att han ska tala till oss från bussens videoskärm. Med allt detta hade hon verkligen lyckats fånga allas fulla uppmärksamhet. Denna VIP på bandet visade sig vara Jordaniens Kung Abdullah II. Men det var ingen video i vanlig bemärkelse.

Under hela speltiden kändes det som om Kungen satt med oss på bussen och talade till var och en personligen. Så kändes det i alla fall för mig. I själva verket talade kungen med en välkänd amerikansk journalist som han guidade runt i sitt rike.

Jordanien är ett relativt litet land, det består av enbart fyra miljoner invånare. Kung Abdullah berättade sitt livs historia: han hade varken önskat sig eller planerat att bli kung. Han stod inte ens på tur, det var ett flertal släktingar som stod före honom i ordningen. Han talade om för oss att ursprungligen hade han riktat in sig på en vanlig karriär och på att skaffa sig en familj. Han var beredd på att ta hand om maximum fyra personer, men den siffran ökade helt plötsligt till fyra miljoner.

Det kändes verkligen äkta att Abdullah II ser hela det jordanska folket som sin egen familj. Det tyckte jag var rörande. Speciellt när jag till det lägger mina egna undersökningar av landets förhållanden.

Jag har nämligen frågat många jordanier om deras kung. Varenda en talade om honom med uppriktig värme. Jag fick höra att om man var sjuk och behövde vård utomlands fick man skriva till kungen. Om man förlorade sin bostad kunde man skriva till kungen. Om man hade olösliga tvister med grannar fick man skriva till kungen. I samtliga fall fick man sina brev besvarade och i ett flertal fall sin begäran tillgodosedd. Den kungen var inte lik några andra man känner till. Ung, full av kraft, entusiastisk, välutbildad, välartikulerad. Han verkade bry sig om mångt och mycket och kunna ge uttryck för sina goda föresatser i ett verkställande.

Kungen berättade lite om Jordaniens historia. Där fick man vetskap om hans rötter och om hur han använder dessa rötter för att både föra gamla traditioner vidare samt skapa en bättre framtid för många. Kungen visade oss olika platser i landet genom att demonstrera vad han själv kan göra på dessa platser. Han red i öknen på en kamel, paddlade i forsande
138

strömmar. Han dök i ett magnifikt korallandskap, snorklade bland Röda Havets fiskar, klättrade uppför livsfarligt branta bergsklippor, kretsade i ett litet flygplan ovanför ett storslaget ökenlandskap vid solnedgången... Vilken underbart ljuvlig, intelligent, försynt, livlig och sportig människa var inte denna Kung av Jordanien! Han tog andan ur mig, det kan jag bara säga.

Den kände korpulente amerikanske journalisten som intervjuade kungen var mycket rar, och hans frågor till kungen var kloka och sakliga. Men han kunde inte alls hänga med på kungens alla upptåg. Han blev andfådd och var tvungen att hoppa över ett och annat. Jag däremot upptäckte med glädje att en del av kungens erbjudna äventyr hade jag redan varit med om. Och ännu fler hade jag planerat göra vid senare tillfällen. En av dessa aktiviteter var dykning på ett vrak med namnet *Cedar Pride*.

Cedar Pride var ursprungligen ett libanesiskt fartyg som i många herrans år har legat vid Jordaniens kust. Det blev övergivet på grund av en brand ombord. År 1985 kom den då 18-årige prins Abdullah på tanken att skeppet skulle kunna bidra till Jordaniens marina liv, istället för att ligga så där halvbränt nära kusten och skräpa. Det var nämligen så att en del av det jordanska korallrevet hade skadats och det orsakade håligheter. Den unge prinsen trodde att om man först sänkte skeppet ner till havsbotten och sedan lade det till rätta för att fylla i gapet, skulle korallrevet till slut helas genom att växa igenom och runt skrovet. Därigenom skulle revet helas och marint liv främjas. Fiskarna bor ju i korallgrottor och äter av koraller. Prinsen var en dykare och idén var rent av strålande. Så gjorde de. Och sedan 1985 har *Cedar Pride* vilat på botten av Röda Havet och glatt både fiskar och all världens dykare.

Några dagar innan jag 'träffade' kung Abdullah genom bussens video hade jag snorklat från en mindre turistbåt. Helt oväntat hamnade vi strax ovanför *Cedar Pride*. Fartyget såg ut att vara enormt. Jag simmade och simmade och det tog aldrig slut. Senare läste jag på internet att skeppet vägde 760 ton och mätte 81 meter på längden och tjugo på bredden. Det låg nere på botten på trettio meters djup. Inte undra på att jag inte kunde se det ordentligt uppifrån. Men det jag kunde se gjorde ett starkt intryck! De långa masterna stack snett uppåt och kom närmare mig. Jag såg att de var besatta med mångfärgade koraller och allt möjligt annat levande smått och gott. Då bestämde jag mig för att det var ett måste att få dyka där för att kunna komma närmare vraket.

Så nu är jag åter här. Jag bara måste uppfylla det 'måstet'! Hemifrån gjorde jag en internetsökning på samtliga Aqabas dykcentra. Jag hittade en hemsida som verkade vara proffsigare än de andra med namnet *Arab Divers*. Nu är jag på väg dit, dykcentret ligger vid South Beach. Jag tar en taxi från Mövenpick och säger till föraren att han ska köra mig till South Beach.

- Inga problem, säger han och jag frågar vidare om han känner till dykcentret *Arab Divers*.

- Inga problem, säger han igen och vi är på väg mot South Beach.

Ja, inte än så länge, tänker jag och känner på mig att det kommer att bli problem om inte jag håller mig vaksam. Det blir ju alltid något problem i de här krokarna, jag har varit med om det otaliga gånger.

Vi närmar oss South Beach och jag upprepar min fråga. Den här gången svarar chauffören att känner till stället, men det är ändå bäst att jag visar vart han ska köra. Jag säger att jag inte vet det för att jag aldrig har varit här förut. Precis då kör vi förbi Marjes hotell och föraren viftar med handen i riktning mot hotellet och säger att det måste vara där.

Nu är jag övertygad om att han inte har den ringaste aning om vad *Arab Divers* är för något och jag bestämmer mig för att kliva ur taxin och fortsätta leta på egen hand. Jag hoppas få skaffa en bättre upplysning i hotellreceptionen. Jag släpar mig uppför trapporna mot hotellet, min väska med dykarutrustning är tung. Marje sitter på terrassen, hon vinkar glatt. Jag lämnar väskan hos henne och går mot receptionsdisken. Jag frågar om de vet var *Arab Divers* finns. Visst vet de det!

- Var då någonstans?

Killen i receptionen svarar med en egen fråga:

- Varför behöver du veta det?

- För att jag tänker dyka med dem.

- Bra, vi organiserar dykning vi också. Jag ska leta reda på min bror, det är han som dyker med turister.

Mannen är på väg att gå, men jag stoppar honom:

 - Jag vill dyka med Arab Divers, inga andra! Var finns centret?

- Men det är just det som min bror gör, han jobbar som instruktör på det centret.

Too good to be true, tänker jag och säger:

- Okej, hämta din brorsa då. Jag vänta på honom ute på terrassen och tar en kopp kaffe under tiden.

Jag går ut och sätter mig bredvid Marje. Kaffet anländer samtidigt som den dykande brodern. Han visar sig vara den som serverar mitt kaffe. Han presenterar sig som min personliga dykarinstruktör. Jag undrar om han har certifikat. Han svarar att det har han. Jag frågar hur länge han har haft certifikatet, han säger att det har han haft i tio år. Jag har svårt att tro det, killen ser inte ut att vara äldre än tjugo. Men tiden rinner iväg och jag vill dyka idag! Jag frågar om han kan ta mig till *Cedar Pride*.

- No problem! Och han säger att han ska ringa till Arab Divers för att de ska hämta oss med bilen. Jag har bråttom att komma iväg och killen avlägsnar sig i receptionens riktning.

Jag hinner dricka upp mitt kaffe och snacka mig mätt med

Marje innan han återvänder och säger att bilen väntar. Nu blir jag riktigt upprymd av tanken på att jag är på väg till just det rätta dykarcentret som jag hade valt utan att bli hänvisad. Jag fattar tag i min väska och skyndar mot bilen. Fordonen visar sig vara en stor mörk jeep med flak. Mannen vid ratten ser supertrevlig ut. Han presenterar sig som Obada, dykarinstruktör och ägare till Arab Divers. Obada har glimten i ögat och är verkligen mycket sympatisk. Till skillnad från 'brodern', som verkar vara mycket spänd, är Obada vaken, vänlig, uppmärksam och avslappnad. Samtliga kvaliteter är guld värda när det gäller dykare, men alldeles särskilt att föredra när det gäller dykarinstruktörer.

Det är en hel del som kan hända under en dykning. I vissa läge kan det bli riktigt farligt. Då är det en stor fördel om vederbörande kan hålla sitt huvud kallt. Man får aldrig ge efter för panik, det är det värsta som kan hända. Som den där gången under min första dykarutbildning på Bali. Den gången gick min ena fena av då jag befann mig på fem meters djup i en bassäng. Jag förlorade balansen och gick upp för fort. I en bassäng går det an, men skulle det hända i havet på tjugofem meters djup istället för fem, skulle jag ligga mycket risigt till.

Jag minns ett annat 'historiskt' ögonblick när luftmunstycket i min regulator började flöda fritt för att den var trasig och bokstavligen pumpade in luft i stora mängder rakt in i min strupe. Jag höll på att kvävas. Man har alltid med sig en inkopplad reserv, men det gäller att komma ihåg att man har den. Och när man hamnar i ett paniktillstånd glömmer man allt det som är värt att veta för att klara sig ur ett obehagligt läge...

Därför blir jag så in i vassen glad åt den sympatiske Obada. Jag antar att det är han som blir min instruktör och min buddy. Han är själva lugnet manifesterat. Dock visar det sig en halvtimme senare att detta antagande slår helt fel.

142

Obadas bil rymmer fler än oss tre. Bak i bilen sitter två norska killar, en av dem heter Anders. Han är stor och godmodig, hans kamrat är mager och verkar vara nervös. Anders är den som ska dyka med oss. Den andra är tveksam och jag gissar att han kommer att hoppa av i sista sekunden. Det finns en till man i bilen, han pratar arabiska med 'brodern'. En stor undervattenskamera hänger över hans axel. Jag sitter i framsätet och chattar med Obada vid ratten. Resvägen tar bara ett par minuter och vi stannar vid en hemtrevlig vitmålad byggnad. Framför den finns divaner täckta med äkta mattor och mysiga kuddar. Nu är vi framme vid dykarcentret *Arab Divers*.

Man startar med de sedvanliga dykarrutinerna. Vi ombeds att ta fram och visa våra Scuba certifikat. Man får fylla i en tresidig gul blankett där man bedyrar att man inte har haft varken hjärtinfarkt eller hjärnblödning. Man ska inte vara förkyld för tillfället och inte ha några som helst bestående men, såsom skadade leder. Mitt högra knä opererats, men jag bockar av 'nej'. Sedan följer en förteckning på ungefär tjugo olika sjukdomar som man inte ska ha om man dyker.

Sist uppger man ett namn på den närmast anhörig som Arab Divers bör kontakta om det inträffar en olycka. Anders och jag sitter bredvid varandra på divanen och bockar av nej, nej, nej, nej... Hans kamrat, som visar sig vara hans yngre bror, ögnar stående igenom den gula blanketten. Efter att ha gjort det meddelar han Anders på norska att han inte tänker dyka, inte den här gången. Anders nickar lugnt och saken är ur världen. Se där, han hoppade av! Det trodde jag om honom och det visar sig stämma.

Nu blir det dags att ta på oss våtdräkterna. Vi bjuds att gå in i omklädningsrummet där Anders väljer en passande dykardräkt. Jag har min egen, men jag behöver hyra en bättre simmask. Jag hittar masken och kopplar på egen snorkel. Mina fenor bär jag under armen.

Jag ser mig omkring och kollar in centrets utrustning. Allt i rummet verkar hållas i god ordning. Det är viktigt att bedöma sådant varje gång man dyker på ett nytt ställe. De flesta dykarskolor runt om i Europa förefaller vara perfekta för en orutinerad besökare. Alltför perfekta, om jag får säga min mening. Att gå in där kan liknas vid att beträda ett tempel. Perfektion och andakt! Jag är inte så glad i sådana skolor. Dykarutrustningen där har en raffinerad design, lokalerna är kliniskt rena och klanderfria, exponering är välavvägd.

Att allting omkring en verkar vara perfekt, har en motsatt effekt på just mig - jag upplever mig själv som ofullkomlig! Det gör att jag börjar oroa mig över att jag i själva verket inte är en så erfaren dykare som jag trodde mig vara innan jag klev in i butiken. Man vet ju att ingen är helt perfekt, men man skäms ändå för sina egna eventuella brister. Om man har den inställningen avråder jag från att dyka. Jag har besökt sådana dykarskolor i Italien, Tyskland och Spanien. Jag har tittat in som hastigast och marscherat ut utan att boka dyk.

Som kontrast till det ovanstående, kan de arabtalande ländernas dykarskolor vara ganska risiga, där en osorterad, halvtrasig, uttorkad eller bara bleknad utrustning förekommer i mängder. Där kan det också plötsligt visa sig att dykarinstruktörer brister i behörig utbildning eller att de saknar utförlig information om sina dykarsajter. Båt-, bil- eller busstransporter kan svikta just i en stund då man behöver dem som mest. Ländernas lokala förhållanden brukar vara ostabila eller bara röriga. Om man planerar att ta sig ut på öppet vatten med en sådan dykarskola ska man hålla sig observant och försiktig. För att om man råkar hyra en trasig eller ofullständig dykarpryl är det kört. På sådana sjaskiga skolor ska man akta sig för olycksfall, risken är mycket större där.

Arab Divers omklädningsrum liknar varken det ena eller det andra. Det ser ut att vara lagom ordningsamt och proff-
144

sigt. Obada visar sitt dykarmasters certifikat efter att ha fått
se våra. Jag känner tillit och inre lugn och det syns att min
buddy Anders upplever detsamma.

Vi går ut för att se över utrustningen i dagsljuset. Anders
och jag ska prova våra respektive flytvästar. Dessa kallas för
BCDs, vilket betyder Buoyancy Control Device. Västarnas
konstruktion inspirerades av luftballonger. Flytvästen är ing-
et annat än en slags luftkudde som man knäpper runt torso.
Ju mera luft västen innehåller desto högre flytbarhet får man i
vatten. Tanken är att om man gradvis tömmer västen på luft,
sänks man djupare ner. Man påbörjar nedstigningen med att
tömma västen helt och hållet. Däremot, om man steg för steg
tillför västen luft, lyfts man successivt uppåt mot ytan. I re-
gel ska man kunna klara sina undervattensrörelser utan dessa
tömningar eller intag. Men möjligheten ska finnas där om
man blir tvungen att stiga uppåt i snabbare takt. Till exempel
om man råkar komma åt en vass korallgren.

Luften levereras till BCD från den metalltank vilken man
sätter på ryggen som en ryggsäck. Man ska spara luften ge-
nom att andas normalt och inte fylla på och tömma sin väst
i onödan. Till min stora förtjusning upptäcker jag att den för
mig av Obada utsedda BCDn har rätt storlek, den sitter per-
fekt. Erfarenheten visar att det ofta blir brist på de mindre
BCD-storlekarna i fall om man ska hyra dem. Det drabbar
nästan alla tjejdykare eftersom vi behöver en mindre storlek
på våra flytvästar. Det är mindre vanligt med dykare av det
täckta könet. Därför undviker många dykarskolor att köpa in
de mindre storlekarna.

Om man bli tvungen att hålla sig med en för stor BCD
kommer man få extra svårighet med undervattensbalansen.
Detta på grund av att lufttanken sitter kopplad till västens
ryggstycke. När flytvästen är för stor kommer tanken att sitta
löst på ryggen, vilket gör att den, om man simmar vågrätt,
kan glida åt höger och vänster. Ska man simma neråt blir det
ännu värre. Lufttanken, som väger cirka tjugo kilo på land,

halkar ner längs ryggraden och kan slå en i bakhuvudet när man simmar ner i en brantare vinkel. Det blir precis tvärtom om man stiger uppåt, för då hänger behållaren ner löst och vajar. Det kan rubba dykares balans, och balansen är helt avgörande under vatten. Med andra ord är det en riktig pest att dyka i en för stor BCD. Åt mig väljer Obada en BCD som sitter perfekt. Välsignad vare Obada!

Nästa steg blir att få välja ett rätt antal metalltackor som ska träs på viktbältet. Man kan väl säga att ett viktbälte används i dykarsammanhang för att kunna reglera kroppens densitet. Människokroppen, som huvudsakligen består av vatten, innehåller också luft. Den är benägen att flyta, inte att sjunka. Det gäller alla, vi kan jämföras med trästockar - de flyter om man slänger dem i vattnet. Orsaken till denna flytbarhet är att kroppens eller stockens densitet är lägre än vattnets. Det är ett faktum. För att få oss att sjunka måste vi utöka vår befintliga vikt utan att uppförstora volymen. Där kommer viktbältet in i bilden. Dess funktion är att fusk-öka ens vikt, på det sättet luras densiteten och man kan simma på djupet istället för att sugas upp mot ytan.

För den oinvigde består ett viktbälte dels av ett vanligt bälte med spänne, dels av vikttackor. Den som äger ett eget viktbälte ska hålla sig med ett antal tillhörande separata tackor som man trär på själva bältet. Varje gång man dyker bör man utvärdera sin aktuella vikt, volym, vattnets salthalt och tjockleken på den dräkt man dyker i. Samt vilken typ av lufttank man kommer att ha på ryggen. Det blir också nyttigt om man kommer ihåg hur många kilon man bar på under det senaste dyket. Sådana detaljer brukar man föra in i loggboken.

Jag letar reda på min ryggsäck som för tillfället vilar mot en kudde med en broderad gul kamel, plockar fram loggboken och bläddrar till rätt sida. Min senaste dykning gjorde jag i Tunisien några månader innan. På sidan finns markeringar att jag dök i hel-dräkt och hade ett bälte på sju kilo. Idag har jag på mig min egen dykardräkt som jag tog från Sverige. Den ser ut som den dräkt jag hade i Tunisien, bara en aning tjockare. Men detta tänker jag inte på först senare.

Nu råkar det vara så att min rundliga kropp har en extra låg densitet och därför i högsta grad är flytande. Det blir till fördel när jag simmar, men förvandlas till nackdel när jag dyker. Ingen förutom jag själv kan fatta hur det är, men jag kan bara säga att under vattnet förvandlas jag till rena rama luftballongen.

Har någon försökt att dränka en luftballong?

Javisst, jag försökte med det när jag var barn. Men det gick ju aldrig! Så känns det för mig om jag inte har viktbältet på...

Därför måste jag se till att vara extra noga med valet av vikttackor. Från tidigare erfarenheter vet jag att ingen varken kan råda mig eller hjälpa mig. Här står jag ensam, jag måste pricka exakt antal vikter för att kunna gå ner utan problem. Obadas vikttackor ligger uppradade på marken. Jag ser att, till skillnad från andra dykarställen där det lär finnas tackor med enbart jämna vikter av två sorter (ett eller två kilo), har Obadas tackor ojämna vikter som 0.5, 1,4, 1,7 och så vidare. Det är faktiskt väldigt smart, för att först kan man plocka flera lättare tackor till viktbältet. Sedan kan man sprida alla dessa jämnt symmetriskt runt midjan, vilket gagnar balansen. Till exempel, om man ska plocka ihop ett bälte på sju kilo, tar man en 0,5-tacka och två 1,4-tackor, det blir 3,3 kilo. Man trär in dessa på bältet och sprider dem jämnt vänster om naveln. Sedan tar man tre motsvarande tackor och placerar dem till höger om naveln. Alltsammans blir 6,6 kilo. Är det för lite, får man komplettera där bak med en 0,5-tacka på varje sida av ryggraden. Flera lättare vikter känns mycket skönare än olufttank m man blir tvungen att ha färre men tyngre tackor. Om man är en kvinna skaver de vikterna mot det mjuka köttet.

Den här gången är jag osäker, för jag vet att sedan senaste

dyktillfället har jag tappat lite vikt. Jag har ingen aning om hur mycket. Men jag måste besluta mig någon gång och jag säger att förmodligen behöver jag sju kilo. Obada säger att det är för lite. Jag envisas med att jag har dykt med sju kilo bara några få månader innan. Han menar att min dräkt är av ett nordiskt märke, vilket är avsett för kallare vatten. Jag märker ju själv att min dräkt är dubbelt så tjock jämfört med de lokala. Vi kommer överens om att en av instruktörerna kommer att ta med sig ett par extra tackor för min räkning i BCDs fickor. Allra sist kollar vi lufttrycket i våra respektive tankar. Trycket ska ligga på 200 bar. Sedan är vi färdiga och sätter oss i bilen.

Bilen tar oss till stranden där *Cedar Pride* ligger på havsbotten hundra meter ut från stranden. Nu får jag veta att vi ska dyka i par, Anders med sin instruktör och jag med min. Jag hoppas starkt på att få Obada. Jag vill dyka med honom som min buddy. Men där kommer jag i missräkning, för Obada säger att han inte tänker dyka mer idag, han behöver sin vila. Klockan är två på eftermiddagen och han har redan gjort några turer till vraket. Och nu får jag höra att den som ska bli min instruktör är den unge 'brodern' från Marjes hotell. När jag ser honom i full beredskap blicka mot mig på avstånd, får jag mina onda aningar.

'Brodern', som heter Isam, pratar inte så värst mycket engelska. Enligt mina tidigare iakttagelser bör jag förbereda mig på eventuella problem. Killen ser ut att vara nitton och verkar vara hyperstolt på ett macho vis. Med detta menar jag att den sortens män ser ner på kvinnor. De lyssnar aldrig på vad en kvinna har att säga och de hanterar alla kvinnor på ett auktoritärt sätt. De gör inga avdrag för varken ålder, erfarenhet, intelligens eller sunt förnuft. De bara kör sitt race, vilket på den kvinnliga sidan innebär ren och skär underkastelse.

Sällan! Nu tänker jag njuta av vrakdykningen. Så underkastelse är det sista jag tänker prestera. I mitt huvud formas
148

idén om de eventuella problem som skulle kunna uppstå mellan mig och Isam under detta gemensamma dyk. Jag ser att Isam verkar spänd när han blickar mot mig. Det kan faktiskt bero på att jag är en av hans första kunder eller rent av allra första. Det kommer att alstra ett beteende vilket avser att övertyga mig om motsatsen. Han kommer att spela rollen av den erfarna dykaren, vilket han inte är. Inte bra.

Han är såpass mycket yngre än jag är att det kommer att driva honom till att hävda sig genom att skruva upp dominansen. Det för att förekomma mig ifall jag kommer på att ifrågasätta hans ledarskap. De flesta män tror att i en pressad situation har kvinnor lättare än män att ge efter för panik. Dykning är ett tillfälle där det finns många trådar att hålla reda på samtidigt. Jag avser att förebygga problem innan de uppstår.

Så jag vänder mig till Obada. Jag ber honom att hälsa Isam på hans modersmål att jag begåvades med att aldrig ge efter för panik. Bara så att han vet det. Obada skrattar hjärtligt och säger några meningar på arabiska. Under tiden iakttar jag Isams ansikte. Först mulnar det något, han tittar ner. Sedan ler han och ser vänligt på mig. Nu har han förstått, utan tvekan. Men kommer han ihåg att använda informationen när vi båda är på havsbotten under ett tryck som motsvarar tjugofem ton per kvadratmeter? Om en timme får jag svar på den frågan:

- Nej, det gör han inte!

Vi lastar över vår utrustning på flaket och hoppar åter in i jeepen. Obada kör oss närmare strandremsan där var och en sätter på sig viktbältet. Männen sätter på flytvästar med varsin lufttank på ryggen. Jag bedömer att jag vill vänta med lufttanken tills jag är i vattnet. Det blir bäst så. Mitt beslut beror på att mitt högra knä inte längre är som det ska efter en gammal båtolycka. Det gör att jag måste spara på knät så gott det bara går. Därför undviker jag bära tungt om jag får chansen att slippa.

Det är bara några ynka trettio meter fram till vattnet. Jag kan bära min egen lufttank, men varför göra det om det finns någon annan som kan göra det istället? Jag meddelar Isam att jag tänker sätta på tanken i havet och ber honom bära den åt mig till strandkanten.

Nu är jag i havet och min BCD flyter uppknäppt framför mig. Jag måste bara lägga mig på magen, rulla över på rygg, trä på västen, spänna upp remmarna runt midjan och trycka in spännet. Det vore hur enkelt som helst, om inte Isam var med. Han envisas med att göra nytta. Han lyfter upp västen och sträcker den mot mig. Jag försöker göra honom till lags, vänder ryggen mot honom, svänger bakåt med armarna och försöker sticka dem i västens armhålor... Men det går ju inte för att det är vågor på havsytan och luftbehållaren kopplad till BCD-västen svänger höger och vänster. Det gör att mina armar gång på gång missar armhålorna. Vi håller på ett litet tag tills Isam blir ilsk och jag bli trött och irriterad. Jag säger att han ska lämna mig ifred och att jag vill göra det själv.

Han backar ett stycke bort och till slut lyckas jag. Jag tar på mig masken och Isam gör likaså. Nu återstår det att simma ikapp de andra. Alla samlas vid en stor vit boj som markerar dykarsajten där *Cedar Pride* vilar på botten i väntan på sina besökare. Anders och killen med kameran kretsar redan runt bojen. Kameran hänger runt halsen och fotografen siktar redan med den under vattnet. Vi tömmer våra västar på luft och börjar sjunka ner.

Den kraftiga vajern som fäster sig vid den vita bojen löper lodrätt ner i djupet. I tur och ordning greppar vi tag om vajern och sänker oss ner i sakta mak. Nu hänger vi vertikalt ovanför varandra, killen med kameran är längst ner, sedan Anders, därefter Isam med mig allra överst. Efter cirka tio meter släpper vi vajern och simmar sakta i klunga neråt.

På vägen ner inträffar någonting helt underbart. Idag är sikten i vattnet inte den bästa. Trots det upptäcker jag rakt
150

framför mig en jättesköldpadda. Hon simmar emot mig. Vi ser på varandra. Hon stannar och vajar långsamt med sina tjocka fjälliga ben som liknar elefantens. Hennes pansarbeklädda kropp gungar lite, men i övrigt står hon stilla. Det vet jag för att hennes ansikte är helt nära mitt och hon tittar upp emot mig. Jag ligger i hennes simriktning ett par decimeter över henne. Mittemot mig och bakom sköldpaddan urskiljer jag killen med kameran. Han hänger vid sköldpaddans svans och tar bilder. Anders finns till vänster om mig och Isam till höger. Nu har vi omringat sköldpaddan från alla fyra väderstreck och jag tror att han måste känna sig trängd. Att möta honom så nära är för mig en av de starkaste undervattensupplevelser som jag någonsin varit med om. Mina buddys är helt lycksaliga de med, men efter en stund känner jag att det borde räcka för min del. Och jag simmar undan till höger.

Jag ser sköldpaddan passera under mig. Vi fyra tittar på varandra genom våra masker och signalerar varandra 'ok'. Alla är nöjda och belåtna: det är inte så ofta man får vara med om någonting sådant. De större havsvidundren brukar hålla sig undan.

Anders och killen med kameran simmar iväg sida vid sida. Isam signalerar till mig till att stanna. Han närmar sig och försöker ta mig i handen. Med detta menar han att vi två ska simma i par. Så in i helsike heller! Detta är ett av få lägen som jag skyr allra mest! Att dyka är för mig lika med fullständig frihet. När man vandrar på jorden är man tung. Man pressas till marken under trycket av alla sina kilon. Så länge man är på jorden, kan man aldrig bli riktigt fri från kroppsvikten, för att vår planet med sin gravitationskraft praktiskt taget limmar oss fast vid sin yta. Man kan glida fram, bak eller i sidled i 'limmet', det är vad vi alla gör, men man kan aldrig lyfta sig upp av egen kraft.

Yogis gör det efter åratal av mental träning, men inte vi vanliga människor. Det är synd, tycker jag. Visst kan man hoppa, men det är en väldigt kortvarig lösning - man landar igen. Men att kunna vara i en marin värld innebär viktlöshet. Det skänker upplevelser av en sådan frihet som jag söker mig till. Under vatten upphör kilon som måttenhet och byts ut mot bar och densitet! Jag föredrar tryckenheten *bar* före viktenheten *kilo*, därför att bar går det att manipulera med. Det gör man med hjälp av dykarutrustning, så att man kan röra sig fritt i tre dimensioner istället för endast två. Att kunna röra sig fritt i alla tre dimensionerna upplever jag som obeskrivligt frigörande!

Men man kan väl aldrig känna sig fri om någon håller fast en i handen. På jordytan kan jag uppleva en vänskaplig hand som ett stöd. Under vattnet upplever jag det som ett hinder. Och hinder vill jag inte ha, nu när jag är på god väg att njuta av min frihet. Jag signalerar till Isam att jag protesterar mot att han ska hålla mig i handen. Jag gör tecknet att han ska simma före och att jag ska följa efter. Men han tar det som en förolämpning och envisas att jag ska göra som han vill.

Jag rycker ut min hand ur hans. Den kraftansträngningen får mig att andas lite häftigare. Detta resulterar i att jag tar in överskott av luft, som i sin tur får mig att stiga uppåt, istället för att simma ner i vinkel vilket man förväntas att göra. Istället för att ta det lugnt och ge mig tid till att balansera min andning och ta kontroll över flytkraften, går Isam mot mig nerifrån och fattar tag om min ena fena. Jag ser det som ett ytterligare angrep mot min frihet! Jag sparkar med fenan som han håller i, jag vill komma loss ur hans grepp.

Det förvärrar situationen, i den bemärkelsen att jag stiger ännu högre upp istället för att simma ner. Nu är jag galen på honom: fattar han inte att jag vill simma själv? Jag ser att han bedömer situationen helt fel. Han tror att jag har fått den panik som jag bedyrade att jag inte kunde få. Jag signalerar till honom att jag är okej och korsar mina armar mot honom, menades att han ska hålla sig ifrån mig på ett behörigt avstånd. Nu tror jag att han börjar fatta.

Han sitter på knä på sandbotten och tittar upp mot mig. Man ska inte sitta på botten under ett dyk. Vet han inte det? Jag simmar mot honom med huvudet neråt, så att han kan övertyga sig om att jag mår prima. Vad jag fick känna på under min ofrivilliga uppstigning är att jag saknar ett par vikter i mitt viktbälte. Min egen bedömning om att jag behöver sju kilo var en missräkning. Obada hade rätt. Nu minns jag att han skulle lägga in några extra tackor i Isams västfickor. Nu blir det dags att rekvirera de där vikterna.

Jag flyter ovanför Isam och pekar än på mitt viktbälte än på hans fickor. Han förstår till slut och börjar känna efter med handen i sina fickor. Det verkar vara tomt där, han ser förvånad ut och rycker på axlarna. Då pekar jag på de stenar som ligger spridda runt honom på botten. Med detta menar jag att han ska räcka mig ett par stenar. Jag behöver bli lite tyngre för att slippa gå upp, om jag nu tvingas hetsa upp mig då och då på grund av hans förehavanden. Det hela är ganska humoristiskt.

Isam förstår att han ska leta efter stenar, men osis! Runt honom ligger bara stora stenar som inte skulle få plats i mina BCDs fickor. Jag tycker synd om Isam. Det kan inte vara lätt att för första gången få uppleva en självständig kvinna. Och detta på tjugo meters djup till på köpet. Nu räcker han mig en sten som vi med gemensamma ansträngningar stoppar in i min vänstra ficka. Det känns genast bättre, dock resulterar åtgärden i en liten obalans. Det tynger på den vänstra sidan. För att återfå balansen flyttar jag över lufttanken ett par centimeter till höger så att det ska bli perfekt. Jag är klar och vi kan fortsätta neråt mot vraket. Isam simmar före och jag efter honom. Jag skulle gärna simma före för att kunna njuta av fri sikt. Men det gör jag inte, för jag har ingen aning åt vilket håll vraket ligger. Men det vet Isam och jag följer efter.

Nu skimrar *Cedar Pride* i siktet. Wow, jag sticker framåt och går om Isam. Strax är vi tätt vid skrovet som verkar så monumentalt och högrest att från botten där vi är nu kan man knappt urskilja masten som går snett uppåt. Det är för att det gigantiska fartyget vilar på sin ena sida insjunket i den mjuka sandbottnen. Vi påbörjar uppstigningen längs skrovets vänstra sida och möter olika arter av fiskar i stora klungor. Jag är väldigt spänd på vad som finns där uppe. Jag bara glider runt som jag vill och jag glömmer Isam. Anders och hans instruktör med kameran syns inte längre. Nu känner jag mig ensam med skeppet. Det är en underbar känsla, och jag simmar runt den långa masten.

Under den akvatiska vandringen skådar jag de mest underliga korallarter som spridit sig och växt sig fast vid fartygets olika delar. Jag ser den övergivna kabyssen som gapar mot mig som om den ropar på hjälp. Ur kabyssens dörröppning simmar stora blå fiskar ut i det fria. Bor de där? Det skulle inte vara helt fel. Jag ser gamla cirka nio centimeter tjocka vajrar snurra sig runt masterna. Vissa partier är tätt besatta med mikroskopiska skaldjur i diverse pastellfärger. Fartygets däck lutar i 30° vinkel. Allt metallskrot som varit löst har samlats på däckets nedersta babordssida.

Ett sprött sjögräs växer igenom och vajar unisont med de för tillfället försiktiga strömmarna. Små fiskar betar i gräset och putsar dessa små spröda korallvårtor som täcker fartygsskrovet i vidsträckta fläckar. Större fiskar jagar de mindre som flyr undan i ryckiga klungor. De feta långa sjögurkorna ligger utspridda på däcket. De maskerar sig listigt inne i sjödammet, men man kan urskilja dem om man kisar med ögonen. Enorma vattenmassor täcker över och förenar allt det som är levande med allt det som är dött.

Det libanesiska vraket är hänsovet, men jag är livslevande, vaken och stortrivs här. Stämningen runt mig är harmonisk och fridfull. Skrovet är definitivt stilfullt. Det utbrända vraket, som från början har varit människors verk, samspelar med naturens kraftverk. Jag betraktar dyksajten som en avancerad teaterscen, där *Cedar Pride* reser sig upp från havsbotten som en scenografi för en pjäs. En föreställning som dirigeras av naturkrafterna och spelas av den levande marinan.

Spelas, visst. Men man kan inte höra ett ljud, det är knäpptyst. Jag njuter i fulla drag. Jag rundar av skeppets babord och glider upp längs den andra sidan. Här är det ljusare och sikten blir bättre. Jag ser en öppning i vraket där man skulle kunna simma in. Nu minns jag det Obada berättade för oss om att i skeppets innandöme har det under årens lopp bildats en större luftficka. Där har havet vikt undan och där finns ett slutet utrymme inom vilket man kan ta av sig masken. Fast Obada rekommenderade att inte andas in luften därinne, eftersom utrymmet innehåller giftiga gaser. Gaser som har skapats av havets påverkan på metallskrovets korrosionsprocesser. Nu tänker jag på allt detta och blir sugen på att simma in. Jag börjar simma ner i en vinkel som ska leda rakt in i fartygets hjärta, då jag plötsligt blir överrumplad av Isam.

Tydligen följde han efter mig hela vägen. Det är inte fel, för hans uppgift är ju att se efter att det inte händer mig något. Men nu är han inpå mig igen och pekar offensivt bort från vraket. Först tror jag att han vill visa mig någonting spännande, som till exempel ännu en sköldpadda eller en sjöstjärna. Men där tar jag fel. Hans ärende visar sig vara av det mer akuta slaget. Han pekar på sin tryckmätare, på mig och sedan gör han en rörelse med handflatan mot sin hals. Enligt dykkoden betyder det att han tror att min luft håller på att ta slut och att vi måste vända tillbaka.

Nu kommer han närmare och knackar med sitt pekfinger på min tryckmätare menandes att lufttrycket i min behållare är för lågt. Jag tittar ner och ser att visaren står på sjuttio bar. Jag blir mycket förvånad. Min uppfattning är att det inte har gått mer än trettio minuter sedan vi startade. Underligt. Dykarbranschens egen regel är att när man återvänder från dykningen ska lufttrycksmätaren indikera inte mindre än sextio bar. Vi är en bra bit från stranden och det kommer att ta tid att simma hem om man ska stiga upp steg för steg från ett tjugofem meters djup. Man får inte gå upp alltför brant, man ska simma i en uppåtsträvande bana och helst stanna upp då och då. Man ska göra det för att jämna ut kroppens inre kvävetryck jämte det yttre vattentrycket.

Jag blir inte glad att vi måste vända allaredan, jag skulle vilja stanna här längre och undersöka skeppets innandöme, speciellt den fängslande och sällsynta luftfickan. Dock utgör ett lågt lufttryck ett starkt argument, alltså följer jag efter Isam som ett disciplinerat lamm. Han är nöjd för en gångs skull. Jag börjar förstå att Isam gillar dramatik. Att tömma sin lufttank ner i botten kan leda till ett mycket dramatiskt utspel. Denna hans teatraliska sida får jag prov på en kvart senare. Nu simmar vi i en svag lutning uppåt mot ytan. Han leder och jag följer efter. Då och då simmar han fram till mig och kollar tryckmätaren.

Nu börjar han åter gå mig på nerverna. Under tiden tänker jag på förra årets dykning i Thailand. Då dök jag också med en lokal instruktör, men han var riktigt cool! Han höll uppsikt över mig från starten, men efter att ha sett att jag klarar mig bra, lämnade mig i fred att göra vad jag hade lust till. Fast först tog han mig till en underbar vy där en varierande korallbotten var som vackrast.

Vi stannade där knappt en timme och när vi vände tillbaka vinkade han till mig, för att visa en jättestor violett sjöstjärna. Jag har aldrig sett en sådan av motsvarande storlek. Stjärnans diameter var minst sjuttio centimeter. Sjöstjärnan lyste genom det klara grönaktiga vattnet med sitt underbara ljus som om hon var en riktig stjärna på himlen. Då förstod jag orsaken till varför sjöstjärnorna kallas stjärnor de med. Instruktören lyfte upp stjärnan från liggplatsen, menandes att han skulle kunna bära henne åt mig ifall jag ville ha sjöstjärnan som min marina trofé. Men jag signalerade att det ville

156

jag absolut inte.

Jag önskar aldrig att något som är levande ska berövas sitt liv för min skull. Så instruktören lade stjärnan till rätta på en gigantisk rund korallboll där hon hade legat innan. Jag minns detta därför att just när vi fick syn på den violetta sjöstjärnan råkade jag kasta blicken på min tryckmätare. Då tycktes det mig som om vi hade varit på havsbotten ovanligt länge. Till min förvåning såg jag visaren vila på det tjocka röda strecket som indikerar noll. Wow, jag visade honom mätaren, men han blev inte förvånad och signalerade mig 'ok'. Av det blev jag lugn och vi fortsatte mot stranden. Lufttanken räckte ändå till stranden!

Efteråt gav jag mig själv beröm för att jag andades såpass ekonomiskt att jag sparade på syret så att det räckte längre än det var beräknat. Den gången trodde jag att det berodde på Pranayama, en indisk andningsteknik, som jag ägnat mig åt under hela det föregående året. Tekniken förser sin utövare med en vana att andas djupt med både bröst och mage och göra långa pauser mellan andetagen. På det viset andas man mera sparsamt.

Och nu är det fortfarande hela sjuttio bar på mätaren, men min aktuella instruktör får nästan panik av att visaren ligger för nära gränsläget. Jag är inte orolig, men Isam är det. Han driver på mig och stressar mig fram. Vilken jävla dumbom! Stress har ju den inverkan att man förbrukar mera luft än om man skulle andas i lugn takt. Jag simmar och gläder mig åt att komma fram till stranden. Jag vill slippa Isam. Och det är så fort som möjligt.

Nu upprepas samma elände. Jag andas häftigt på grund av stressen. Jag tar in mera luft, min flytbarhet ökar, balansen rubbas och jag stiger ofrivilligt uppåt. Och den här gången går det alldeles för fort. Det får det inte göra, eftersom det lösa kvävet inne i kroppen inte ska hinna bilda bubblor utan hinna ventileras ut. Om man återgår till liknelsen mellan en kropp och en ballong, blir ballongen mindre ju djupare ner den befinner sig under ytan. Ballongen krymper på djupet och uppförstoras ju högre upp den kommer. Teoretiskt sett kan lungor bokstavligen explodera, precis som en ballong, om man inte glider uppåt tillräckligt sakta så att ens kropp hinner anpassa sig till varierande djup.

Isam är i farten igen och försöker ta tag i mig, men jag ser dagsljuset och det betyder att vi är nära stranden. Jag stannar, fattar tag om min näsa och jämnar ut trycket. Sedan simmar jag uppåt och strax befinner sig mitt huvud över vattenytan. Usch, den sista biten var jobbig. Jag känner blodsmak i munnen. Blodet kommer från näsan. Men det är ingen fara, det var bara en liten ådra där inne som sprack.

Isams huvud dyker upp framför mitt och jag ler mot honom. Men han verkar inte alls road. Precis tvärtom, han ser ut att vara arg. Han är en riktig 'drama queen'! Snart slipper jag honom för gott. Han får öva sig att vara instruktör på några andra dykare än mig. Så tänker jag i alla fall nu. Vi är så nära strandkanten att jag skulle kunna ställa mig upp i vattnet. Jag tänker ta av mig västen och snorkla vidare in mot land. Det är det enklaste sättet.

Men det tycker inte Isam. Han driver på mig att simma vidare med lufttanken på ryggen. Nu orkar jag inte kämpa mot honom så jag gör som han vill. När vi äntligen är på grunt vatten ställer Isam sig på knä och tar av sig sin väst med lufttanken och lägger den i vattnet bredvid. Jag är inte så stark som Isam, för mig är luftbehållaren alltför tung. Istället lägger jag mig på rygg och knäpper upp min väst, jag tänker rulla mig ur västen och lämna den flytande. Efteråt kan jag dra upp den på land. Men Isam är här och envisas med att assistera. Jag säger att jag klarar mig själv, men han lyssnar inte. Nu får jag nog och fräser mot honom:
- Leave me alone!!
Han morrar tillbaka:
- You are not a diver!
158

Den värsta förolämpningen, vad mig anbelangar. Trots det har jag överseende med honom, han är ju ung och stolt. Han vill bestämma över en kvinnlig turist. Nu går Isam bort från stranden bärandes på sin lufttank. Obada dyker upp för att hjälpa mig bära min lufttank till bilen. Han ser på mig och ojar sig för att han ser blodet i min mask, som jag nu har uppe i pannan, och blodfläckarna jag har under näsan. Jag skäms och hinner inte förklara. Men jag tror att Isam, med hjälp av sin snabba arabiska, redan har sammanfattat hela förloppet. Jag tyder Obadas kroppspråk att han tycker synd om mig.

Nu ser han mig som en medelålders kvinna som beger sig in i en riskfylld manlig sportgren. Det tycker jag är väldigt tråkigt för jag har respekt för Obada. Jag tänker senare delge honom min egen version.

Nu ser vi Anders och killen med kameran kliva upp på land. Vi följs upp till bilen. Anders är stor och kraftig och han bär sin lufttank på ryggen. Hans instruktör bär sin under armen. Jag frågar Anders om hans upplevelser. Han säger att de har varit inne i skeppets luftficka och att det var mycket spännande. Han blir förvånad över att jag inte hann gå in där. Anders har ingen aning om mina och Isams strider. Han såg mig prestera mitt bästa. Trubbel med Isam uppstod bara när vi lämnades för oss själva. Jag orkar inte dela med mig av mina problem. Så jag säger att jag hade ett bra dyk och sedan pratar vi mest om den härliga sköldpaddan som vi mötte tillsammans.

Vi kommer till Arab Divers byggnad. Nu ska jag betala för dykningen och fylla i loggboken. Jag sitter och minns och skriver in siffror och korta beskrivningar av marina möten. Det är vettigt att anteckna allt det med detsamma, annars glömmer man det mesta. När jag är färdigt med loggen letar jag reda på Obada. Jag ber honom att sätta centrets stämpel i min loggboks senast ifyllda sida. Som svar på detta säger han att det inte var hans skola jag dykt med utan Isams. Då blir jag helt snopen och undrar: How so?

Han svarar att jag bor på Isams hotell, därför måste det bli han som ska stämpla i boken. Då säger jag att jag inte bor på hans hotell, min väninna gör det. Då blir det Obadas tur att bli förvånad. Då berättar jag att jag hittade Arab Divers från Sverige på nätet och ville dyka med dem. Jag säger att jag började med att fråga i hotellets reception efter vägen till hans center och det slutade med att jag fått Isam på halsen.

Jag drar hela historien om mina plågor med Isam, och Obada visar deltagande. Av det han säger framgår att de hotell som vill tjäna extra pengar på dykare kommer till honom för att hyra utrustning till sina klienter. Nu begriper jag att det var tur för Isam att jag ville dyka med Arab Divers. Det är det dykcenter som ligger allra närmast hans hotell. Nu blir jag riktigt upprörd med tanke på att jag hela tiden tjatade om just den specifika dykskolan och att Isam ändå tog över. Fräckt!

Jag förstår nu att Obada visst skulle kunna tänka sig att dyka med mig, och att han sa nej bara för att Isam lät honom förstå att jag var hans kund. Jag tänker på de arabiska sederna som går ut på att låtsas vara överens om turisternas behov, för att sedan helt fräckt styra in dem på någonting annat. Och hur man än försöker sträva dit man själv vill får man inte det man egentligen önskar. Fast inte fullt så illa, i mitt fall.

Obada säger att det var synd att inte han visste allt detta tidigare, men nu är det väl för sent. Men han stämplar min loggbok och erbjuder mig att dyka med honom dagen därpå. Jag försäkrar att jag ska överväga förslaget, säger adjö till den sympatiske Obada och är på väg att avlägsna mig i hotellets riktning. Det är bara tvåhundra meter till Marjes hotell, får jag veta nu.

Obada insisterar på att köra mig dit. Vid bilen sitter en varglike schäfer och jag frågar vems hunden är. Det visar sig vara Obadas hund och jag börjar flirta med hunden. Jag säger flirta för att på senare tid har jag märkt att alla djur, speciellt hundar, verkar se mig som en av sina egna. Jag å min sida känner att de vet vem jag är och hurdan jag är. Det är en härlig känsla att bli förstådd, även om de som förstår sig på en inte tillhör ens egen sort. Så Obadas hund flirtar tillbaka, medan Obada grejar med bilen. Därefter hoppar hunden upp på flaket och jag i framsätet. Och tillsammans kör de mig till hotellet.

Min blonda rödklädda och solbrända Marje sitter vid bassängen och väntar. Jag delar med mig av de senaste timmarnas utvalda sekvenser. På sin höjd har jag varit borta inte längre än ett par timmar. Mycket har skett under den korta tiden som jag skulle vilja dela av mig. Men den glada Marje orkar förmodligen inte höra på redovisningen, inte särskilt länge i alla fall. Så jag drar min historia i en kraftigt reducerad version. Snart ska vi ner till stranden för att bara slappa och beundra solnedgången. Sedan ska vi äta middag och förhoppningsvis spela Yatzy. Och under hela kvällen, vad jag än tar mig för, ser jag med inre blick den ståtliga *Cedar Pride* omsvärmad av de mångfärgade bevingade tropiska fiskarna.

8
Dagen i Petra

Dagen i Petra

agen då jag träffade Adam för första gången var en måndag. Denna dag kommer för alltid att stanna i minnet, inte minst på grund av det faktum att jag under just den dagen besökt ett av världens sju underverk! Underverket var den antika stad Petra.

Ursprungligen kom jag på att resa till Jordanien mest för att jag ville besöka Petra. Platsen fanns på UNESCOs världsarvslista sedan 1985. Det bekräftade att den antika staden var ett av världens underverk, och det placerade Petra på världskartan. Underverk bör besökas, begrundas och beundras. Just det tänkte jag göra under min veckolånga semester i Jordanien. Vanligtvis väljer jag semesterorter som ligger vid varmare hav. Jordaniens Aqaba låg vid Röda Havets kust och tio mil söder om Petra. Det passade mig perfekt. Dykning, snorkling, sol och bad samt förhistorisk mark med antika byggnationer uthuggna ur klipporna. Flera flugor i en och samma smäll! Man kunde inte önska sig något bättre.

Petra ligger nere i en långsträckt dalgång som löper mellan Döda Havet och Aqabaviken. Där hamnar Petra mellan två mycket fängslande hav; det Röda och det Döda. Det kunde knappast bli mer spännande än så och jag bestämde mig för att resa till Aqaba.

Jag hade valt Apollo som researrangör. På deras webbsida, förutom flyg och hotell, kunde man boka bussutflykter, bland annat till Petra och Döda Havet. Jag köpte utflykten till Döda Havet men lät Petra vänta. Det gjorde jag för att jag tänkte att det säkert skulle finnas flera alternativ att resa till Petra än med resebolagets buss. Jag kände på mig att Petra var såpass relevant, att just med den staden ville jag etablera en egen intim relation. Istället för en grupprelation, vilket det oftast blir om man reser i grupp.

Det jag visste innan var att i forna tider hade Petra varit en huvudstad för ett folkslag som kallades nabatéer. Tidskriften Illustrerad Vetenskap kallar nabatéerna för ett av de mest gåtfulla folkslagen. Staden byggdes omkring 700 - 800 f Kr vid tiden av blomstrande karavanhandel. Man transporterade arabiska parfymer, indiska kryddor och kinesiska silkestyger på kamelryggar. Strategiskt sett låg platsen väl till, med tanke på försvar och handel. Petra skyddades av höga berg och byggdes i korsningen av ett flertal handelsvägar; västlig kamelrutt från Gaza, nordlig från Damaskus och sydlig som ledde till Röda Havet och löpte vidare genom öknen ändå fram till Persiska viken.

Omkring år noll stod Petra på topp och inrymde hela tretusen invånare. De flesta av dessa blev förmögna på handel. Petra växte till sig och blev alltmer förnämlig och praktfull. När romarna erövrade dessa trakter blev staden en del av Romarriket och det förde med sig att Petras vattenanläggningar utvecklades och staden kompletterades med bland annat en för den perioden kolossal amfiteater. Senare ingick Petra i det Bysantinska Riket, då flera av stadens byggnader omvandlades till kyrkor. Jämsides med fartygstrafikens utveckling förlorade Petra betydelse, och övergavs i slutänden av sina
166

invånare efter ett flertal ödesdigra jordbävningar. Omkring 1300-talet tog den jordanska öknen över och Petra vilade begravd under sanden och föll sakta i glömska. Först 1812 dök den åter upp på världskartan tack vare en schweizisk upptäcktsresande vid namn Johann Burckhardt.

Det jag visste innan var att det unika med Petra var att ursprungligen hade hela staden varit utmejslat ur klippor. Men jag hade aldrig kunnat föreställa mig Petra innan jag såg den med egna ögon. Och att jag gjorde det till slut kommer att berika mitt liv så länge jag andas. Det blev en upplevelse utan like vilket man inte skulle vilja vara utan. Platsen, där många olika kulturer lämnat sina tydliga spår, talade till mitt hjärta. På den platsen ligger rester av en förlorad och återfunnen sagovärld som jag hade fått chans att uppleva. Jag hade längtat efter att få se Petra. Att kunna trampa den historiska marken. Att kunna känna på de gamla energierna. Att få andas in atmosfären av en säregen uråldrig civilisation.

Jag tänkte på min mor som var medeltidshistoriker. När jag var barn talade hon ofta om nabatéerna och deras unika kultur. Hon drog sina kloka paralleller mellan nutid och de svunna tiderna. Dessvärre ville jag inte höra på, inte just då. Jag tyckte att det hon pratade om var gammalt och förlegat. Men jag minns väl mors uppenbara entusiasm och hennes hemlighetsfulla ansiktsuttryck då hon uttalade ordet *nabatéer*. Det kändes som om hon tyckte att nabatéerna var ett alldeles speciellt folk och att hon minsann visste vilka de var och vad vår värld skulle kunna lära sig av deras moral och kultur. Mor menade att jag var just den som skulle behöva lära mig av nabatéernas moral. Vad menade hon med det? Det hade jag ingen aning.

Då var jag inte upplagd varken för att höra om historiska händelser eller för att anamma några moralpredikningar. Moralsnacket upplevdes av mig som ett personligt angrepp, oberoende om den moralen var nabatéernas eller inte. Mor kallade folket för nabutéer istället för nabatéer som man gör nuförtiden. Men hur som helst, när jag tänker på saken knyter dessa nabatéer mig till min tidiga barndom och ungdom. Min mor, som i andras ögon ansågs vara högintellektuell och bildad, gjorde inverkan på vår omgivning således, att jämfört med henne framstod lilla mig som en ytlig och mindervärdig individ. Vid den tiden kämpade jag för att hitta mig själv och bli accepterad för den jag är. Så mors akademiska utläggningar uppfattades av mig som en direkt nedvärderande kritik. Hennes ständiga historiska och filosofiska referenser orsakat det mindervärdeskomplex som jag än idag kämpar emot.

Efter att ha växt upp och blivit en aning visare, flyttade jag från min familj för att leta reda på mitt rätta jag i ett annat land, där jag skulle kunna uppleva mig själv som en något så när självständig och fullvärdig person. Det faktum att en mor ständigt kunde anmärka på ett barns beteende med stöd av arabiska, grekiska eller latinska skrifter, talar inte stort till hennes fördel - från barnets sida av staketet förstås. Dock hade det vid det här laget utövat en sådan inverkan på mig att också jag tvingades att både tänka och leva historiskt och även förhistoriskt. Mors yrke var medeltidshistoriker.

Med att leva historiskt menar jag att nu vet jag att varje människa har sitt hörn i mänsklighetens historia. Med att leva förhistoriskt menar jag att jag är medveten om att varje enskild individ utgör resultat av många förhistoriska sammanhang. Dessutom är alla vi är unika tack vare var och ens unika uppväxt. Idag är jag nöjd med vem jag är. Dock bär jag på minnet av att det var inte så lätt att leva som barn.

Till följd av moderns förfinade och högtravande kritik, kände jag mig jämt otillräcklig. Det jag inte förstod var hennes gåtfulla fraser uttalade på latin. Jag kunde ju inte ens tävla med nabatéerna eftersom jag saknade vetskap om vilka de var. Och, som det visat sig nu, det gjorde inte min mor heller.
168

Hon hade varken träffat en levande nabaté eller besökt deras land. Bokkunskap ger blott en illusorisk version av en verklighet. Nu skulle jag ta min revansch! Nu skulle jag bokstavligen promenera in i nabatéernas gamla kultur! Med egna ögon skulle jag beskåda deras unika stad. Och det är på riktigt!

Jag brukar aldrig planera i förväg. Jag går på mina impulser och det fungerar för mig. Det gäller samtliga mina förehavanden. När jag är ute på resor gäller detsamma för mina lokala utflykter. En söndagskväll i Aqaba åt jag middag på hotellets restaurang och efteråt begav mig ut för att se staden. Jag promenerade runt, stannade då och då vid de skyltfönster som fångade min uppmärksamhet. Jag passerade förbi flera lokala researrangörer. Under januari månad råder en låg turistsäsong. Skyltningen verkade vara överdrivet desperat och amatörmässig, jag fick ingen lust att gå in. Inte förrän jag träffade på en resebyrå som skilde sig från de övriga. Den resebyrån såg hemlighetsfull ut, den saknade all reklam utåt gatan.

Utifrån såg det ut som att belysningen inne i lokalen var nertonad. Nästan hela rummet upptogs av ett jättelikt skrivbord. Samtliga väggar var täckta med varierande affischer av hög tryckkvalité. Affischerna föreställde Jordaniens historiska sajter inklusive Petra. Jag älskar bilder på romerska viadukter, kyrkor, moskéer och grekiska pelare. Där inne fanns det gott om allt detta och jag drog det antika mässingshandtaget mot mig och gick in.

En medelålders man med sympatiskt utseende satt vid skrivbordet. Han tittade upp, jag hälsade på honom med Salaam Aleikum! Och han svarade Aleikum Salaam! Det kändes hemmatrevligt därinne. Han erbjöd mig att sitta ner mittemot honom. Jag landade på en bekväm vadderad stol klädd i svart skinn. Han log vänligt och frågade vart jag önskade åka och vad jag önskade se i Jordanien. Jag svarade att jag skulle vilja komma till det gamla Petra och frågade om utflyktsdatum och klockslag. Mannen informerade om att de inte hade tidtabeller. Istället skräddarsyr resebyrån utflykter enligt kundens behov. Han frågade hur många vi var som skulle till Petra. Jag sa att 'vi' var en person. Han undrade när jag ville åka.

- Det beror på, men jag kan resa imorgon.

- Depends on what?

- På vad jag måste betala för en sådan privat resa.

Dessutom hade jag mina speciella önskemål, jag skulle vilja gå runt i Petra själv så att ingen går bredvid och tjatar hela tiden. Han menade att det var ingen fara med den saken. Eftersom inträdet till staden stod så pass högt brukar deras guider stanna utanför ingången och vänta på sina klienter att komma tillbaka. Upplysningen gjorde mig riktigt glad, det innebar att jag inte behövde såra guiden genom att förvägra honom hans levebröd. Jag sade också att jag ville stanna i Petra så länge som det bara var möjligt, eftersom jag planerar eventuellt måla några akvareller på platsen. Han tyckte att det lät väldigt trevligt, och uttryckte även en önskan att få se mina bilder efteråt.

Jag undrade om transportmedel och det visade sig att man åker i egen bil. Det hade fördelen att man kunde stanna på vägen för att se andra spännande platser. Vi kom överens att jag skulle bli hämtad vid hotellet klockan åtta på morgonen och att jag fick stanna i Petra till stängningsdags. Jag frågade om klockslaget de brukade stänga och det visade sig att de höll öppet fram till solnedgången. Det gick väl inte att se någonting i Petra i alla fall efter solen gått ner, så jag tyckte att hela arrangemanget var toppen. Utflyktsarvodet var lindrigt, 200 dinarer, billigare än för en motsvarande resa med touristbussen. Så jag betalade resan och fick ett kvitto. Sedan satt jag kvar och den trevlige mannen och jag fortsatte att prata om allt möjligt mellan himmel och jord.

Rummet vi satt i hade en levande atmosfär som besjälades genom en orientalisk nedtonad gulaktig belysning. Skriv-
170

bordet var översållat med omaka dokument, gamla böcker, pennor och nytryckta turistbroschyrer. Jag bläddrade i broschyrerna och de doftade gott. Jag stortrivdes i den artistiska röran, kände mig hemma. Mannen pratade om sitt land och jag om mitt. Vi diskuterade våra olika kulturer. Till slut ringde han ett par samtal och meddelade mig att chauffören som ska köra mig till och från Petra heter Mohammed. Vi pratade lite till, det var trevligt. Efteråt, när jag gick ut på den mörka gatan och försiktigt trevade i riktningen mot hotellet, kände jag mig helt och hållet tillfreds och full av förhoppningar inför den lovande morgondagen.

Den följande morgonen vid åtta gick jag ut från hotellet och började spana efter bilen. Där fanns det en silvrig Mercedes parkerad på andra sidan av gatan. Föraren var en man i fyrtioårsåldern, han hade en stärkt blårandig vit skjorta och mörkblå slips. Förnamnet Mohammed matchade honom illa. Jag gick över gatan, vi skakade hand med varandra.

- Mohammed? sade jag frågande.

Han skrattade:

- Nej, inte Mohammed. Jag heter Ehab.

- Din medarbetare sa att det blir Mohammed som hämtar mig vid hotellet...

- Den som sa det till dig är min anställde, det är jag som äger resebyrån. Och jag beslutade mig för att det blir bäst om jag själv kör dig i företagets bil.

- Sure. That's very nice to be served by the boss himself.

Sa jag och jag tänkte att mannen i butiken säkert redovisat vårt samtal till sin chef och att chefen blev intresserad av en intressant och intresserad udda turist. Det sättet, att exponera sitt intresse och visa respekt för en annan kultur, brukar ge god utdelning. De lokala uppskattar detta. Att man läst på innan och äger en på förhand utformad vetskap om förhållanden, får denna kultur att öppna sina dörrar på vid gavel. Detta är min erfarenhet. Världens alla människor uppskattar kunskap, respekt och uppmärksamhet. En resebyråchef kan säkert berätta mer om landet än en ordinär taxiförare på bristande engelska. Jag blev nöjd med upplägget.

Glatt hoppade jag in i framsätet. Sedan bar det iväg mot den gåtfulla Petra. Ehab upplyste mig om att resan dit skulle ta cirka två timmar. Vi skulle stanna några gånger på vägen. Han skulle visa mig intressanta historiska platser och fina landskapsutsikter. Och så blev det.

Ehab var en skicklig bilförare och en lättsam medresenär. Han pratade varken för mycket, så att det skulle bli störande, eller för lite, jag var ju nyfiken och ville ha svar på alla möjliga frågor. Vi pratade om den jordanska kungen och om Ehabs egen familj. Han var kristen, hade en fru och två barn. Han tyckte om musik. Han lät mig lyssna på några jordanska låtar. Jag tyckte om dessa såpass mycket att Ehab fick skicka den ena till min mobil via bluetouth. Han var nyfiken på min akvarellmålning och sa att efteråt ville han se mina bilder av Petra.

Resan gick undan och till slut var vi framme vid ingången till Petra. Ehab och jag kom överens om mötesplatsen. Jag skulle försöka komma ut ur Petra strax före solnedgången. Jag var glad att inte behöva passa en viss tid, vilket jag skulle varit tvungen till om jag rest med en buss. Vi tog avsked och jag promenerade uppåt den asfalterade gångstig som kantades av idegran och annan tropisk grönska.

Allén tog mig fram till Visitor Center där jag betalade ett inträde motsvarande 35 euro. På väggen ovanför kassafönstret satt en färggrann skylt som talade om att det befintliga inträdet ska höjas till 50 euro från och med november 2010. Dagens datum var femtonde februari 2010 och jag var smått road av att hinna besöka Petra innan prishöjningen. Själva biljetten såg ut att vara mycket stilfull. Den hade flera flikar med bilder på Petras välbevarade byggnader.

En av flikarna föreställde en vit häst. Bilden fångade min uppmärksamhet. Orsaken till detta var att en gång i tiden fick jag i uppdrag att rita ett omslag till Emanuel Swedenborgs skrift *Den Vita Hästen*. Den häst som jag ritade på omslaget liknade biljettens arabiska springare. I mitt stilla sinne undrade jag: vad i hela världen menar det jordanska turistministeriet med den vita hästen på Petras biljetter. Den som undrar kan alltid fråga. Det gjorde jag. Jag vände tillbaka till kassan.

Det var tur att jag gjorde det, för att det visade sig att vägen till själva staden gick genom Al Siq; ett par kilometer lång dalgång. Så man erbjöds att, ifall man kunde eller ville rida en häst, ta sig genom dalgången på en hästrygg. Det lät kul för mig som rider på allt möjligt under mina orientaliska resor: elefant i Thailand, kamel i Egypten, åsna i Grekland, dromedar på Lanzarote och naturligtvis hästar som är aktuella i till exempel i Spanien, Marocko och på Bali. Så jag blev glad och skyndade mig att leta reda på stallet.

Det låg ungefär en halv kilometer bortom ingången. Jag började välja min häst redan på avstånd. Till min stora besvikelse såg jag inga vita hästar. Samtliga var bruna. En brun häst ville jag inte ha, det visades ju en vit sådan på biljetten! Så jag gick fram och frågade om de råkar ha en vit häst. Och kan man tänka sig - det hade de! Och varför såg jag inte honom med det samma? Jo, hästen var utsmyckad med alla möjliga nyanser av rött och grönt. Dess vita uppenbarelse bokstavligen försvann under mängder av olika dekorationer. Förklaring till hästens utsmyckning fick jag senare, då jag undrade över orsaken.

Dagen innan, den fjortonde februari, var Alla Hjärtans Dag. Då dekorerades den vita hästen och lämnades till dagen efter i väntan på sin rätta ryttare, det vill säga mig. Tanken var stimulerande, så jag klev upp på hästryggen. Hästens skötare frågade mig om han fick rida tillsammans med mig i samma sadel. Det tackade jag nej till, såklart. Han sa att han måste följa med i vilket fall, för att leda hästen tillbaka till stallet. Det kunde man inte ändra på, ett måste är ett måste, men hästskötaren fick promenera bredvid.

Det var väldigt inspirerande att från hästryggen iaktta de höga grå klipporna passera förbi. Killen var trevlig, han försökte agera som min guide, men vi hade kommunikationssvårigheter på grund av att hans engelska var så gott som obefintlig. Då och då pekade han åt vänster eller åt höger, men jag såg inget nytt som jag inte kunnat se utan hans hjälp. Dock räckte hans vokabulär till att fråga mig hur gammal jag var, om jag var gift och om jag reste i Jordanien ensam. Jag tillfredsställde hans nyfikenhet, ålder undantagandes.

Jag tycker inte om att prata om ålder. Tanken på ålder skiljer människor åt genom att placera dem i skilda fack, och jag vägrar att bli placerad på sådana premisser. Då hamnar man i ett och samma fack med miljontals andra människor som man har inget gemensamt med. Förutom åldern. Nej, enligt hur jag ser på saker och ting är ålder inget kriterium.

Jag red förbi Djin Blocks. Både jag och min vita häst spetsade öronen. Det jag minns från min barndoms arabiska sagor är att det arabiska ordet *Djin* betyder *andeväsen*. Alltså översätts benämningen *Djin Blocks* som Andeväsens Klippor. Det var något märkligt med dessa klippor. Jag frågade min vägvisare om dem. Men han bara upprepade Djin Blocks, Djin Blocks, som om jag inte kunde läsa det på min karta.

Jag märkte att folk här inte är så värst intresserade av egen historia. De uttalar namnen på platser som ett heligt mantra och sedan får det vara. Att de inte är nyfikna är deras eget problem, jag belastar dem inte för det. Men att de dessutom har uppfattning om att vi, upptäcktsresanden enligt hur vi ser på saken, och naiva turister enligt de lokala invånarna, inte heller ska få veta mer än de lokala, det blir vårt problem och
174

det belastar jag dem för.

Ta min högutbildade Adam som exempel. Adam är född i Giza, det vill säga bokstavligen en stenkast från de världsberömda egyptiska Pyramiderna. Jag har frågat honom om han har sett pyramiderna. Nej, det har han aldrig gjort. Tänka sig, jag som bor på den motsatta halvan av jordklotet gör mig besvär att besöka Giza. Men han, som kan promenera dit närhelst han behagar, gör sig inte besväret. Otroligt!

Efter Djin Blocks kommer Obelisk Tomb, jag ser det på den lilla kartan som jag fick tillsammans med min biljett. Obelisk Tomb ligger nära vägen, men jag kan varken se en obelisk eller några gravar. Men de ska ju finnas just där. Min vägvisare viftar med handen åt vänster tvärsöver klipporna. Jag stiger av hästen, lämnar ifrån mig tyglarna och börjar klättra uppför klipporna. Dit upp leder en smal stig uthuggen i berget. Jag arbetar mig uppför tills jag kommer allra högst. Utsikten på andra sidan av klipporna är enastående. Där finns gigantiska bergsblock som inramas av skogspartier. Men fortfarande ser jag inga som helst gravplatser eller obelisker. Dessa finns förmodligen på bergets andra sida som jag inte kan se.

Det är mycket brant och jag vågar inte närmare avsatsen. Då ger jag upp och återvänder till hästen. Den unge vägvisaren har väntat på mig i cirka tio minuter. Jag rider vidare och just nu är vi ensamma på vägen. Jag känner mig inspirerad. Jag är helt närvarande och jag andas in det vackra landskapet. Jag föreställer mig nabatéerna som red på kamelryggar förbi samma klippor. Jag tänker på min mor. Vad skulle hon säga om hon fick se mig på den Valentindekorerade vita hästen ridandes in i nabatéernas heliga land? Hon skulle inte tro sina ögon.

- Livet är underbart!

Nu har vi avverkat de två kilometerna, jag siktar en annan häststation. Den stationen skiljer sig från den förra. Här finns det inte bara ridhästar utan också förspända karosser. Här ska jag lämna den vita hästen och marschera in i Petra till fots. Så har jag planerat. Min vägvisare är inte så villig att skiljas från mig. Han berömmer min skönhet och klokhet och jag förstår att han förväntar sig dricks. Jag ger honom dricksen, men han släpper mig inte så lätt.

Han säger att han har blivit kär i mig. Jaså, det tror jag inte på. Hans engelska förbättrats mirakulöst och han låter väldigt romantisk. Hans blick är drömmande och han smeker hästryggen där jag nyss har suttit. Jag säger att jag måste in i Petra bums. Och han säger att han inte kommer att ta sig an några andra klienter. Han ska bli kvar här och vänta på min återkomst, tillsammans med den vita hästen förstås.

-All right, säger jag till slut, do as you wish!

Och jag skyndar mig fram längs vägen, för att jag vet att vägen är lång. Det ser jag på kartan. En annan man hinner ikapp mig. Han erbjuder mig sin förspända kaross. Den står ett stycke bort på vägen. Jag tackar nej till karossen. Jag säger att jag tänker promenera. Han säger att jag kommer att bli trött, för att det är ett långt avstånd härifrån till Petras allra första byggnad. Men jag är envis och jag flyr ifrån honom.

Jag har en känsla av att lokalbefolkningen är förbjuden att gå in i Petra, om inte de transporterar turister. Det är som om det finns en omarkerad och osynlig gräns som de inte får överträda. Märkligt! Stackars de som behöver gå in, till exempel för att hälsa på sina släktingar. Jag har hört att det finns en beduinstam som bor i Petra för jämnan. Ska deras släkt betala 35 euro för att se sina nära och kära? Mycket bisarrt. Men jag viftar bort alla sådana onödiga tankar, nu vill jag uppleva handelsvägen som drogs genom hårda klippor och tunga sanddynor av mors nabatéer. Jag påbörjar min långsamma vandring. Det är en otrolig upplevelse.

Strax blir klipporna röda istället för grå som på Al Siq. Nu är de dessutom så branta och så högresta på bägge sidor av vägen att om jag lyfter på huvudet ser jag dem nästan mö-

176

tas där uppe i höjden. Passagen är för det mesta trång. Och klipporna varierar i former och färgnyanser. Jag tänker på klippornas skapare - naturen. Men på en och samma gång förstår jag att det är människor som skapat denna passage. Dessa människor måste ha varit konstnärligt lagda mästerliga stenhuggare. Man kan säga att passagen rent av är elegant, ett riktigt arkitektoniskt praktverk! Vilken fantastisk variation i proportioner mellan klippornas höjd och passagens bredd.

Allt här är en fröjd för ögat. Än finns trånga partier där passagen blir mycket smal och klipporna skjuter i höjden så att man får svindel av att blicka uppåt. Och ibland blir det nästan mörkt runt en på marken, trots att solen gassar för fullt. Det finns andra partier där vägen blir bred och på bägge sidor kantas med en låg stenmur, cirka en meter hög. Exakt den rätta höjden för att man skulle kunna närma sig kanten och stödja sig med handen glidande parallellt med marken längs murens översta del.

Senare lägger jag märke till en bred fåra som löper ovanpå stenmuren. Se där, det var vatten som rann längs dessa fåror i forna tider! Muren är gjord i ett stycke, uthuggen i det röda berget på bägge sidor av vägen. Klippor viker åt sidorna och öppnar passagen uppåt lik en gigantisk tratt. Då kastar solen sina strålar rakt ner mot vägen. Det får den vandrande, som nyss gått ut från den mörka svalare delen av passagen, att slappna av och värma sig. Jag går och går och kommer aldrig fram någonstans. Det känns som om jag inte ens behöver att ha något mål på min vandring, för att det är själva vandringen som är målet.

Efter ett tag börjar passagen visa upp sina underbara prydnader. De utgörs av passagens egna skulpturer. Precis som allt annat här är skulpturerna uthuggna ur berget: en vilande kamel, sandfärgad precis som en riktig kamel. Jag ser storslagna rester av en människofigur, som av storleken på fötterna att döma har varit enormt hög. Endast ett par fötter upp till ankelbenen står kvar, resten är borta, men man kan föreställa sig hur grandiost storslagen den har varit. Jag ser sönderfallna rester av husbyggnader, också de är uthuggna ur klippor. Jag passerar mängder av trappor med trappsteg som leder uppåt. Vid det sista trappsteget ligger en söndervittrad ruin av ett hus. De andra trappstegen kommer ut ur en bar klippa och tar helt abrupt slut, de leder ingenstans. Det finns blott en bar himmel där klippan tar slut. Senare får jag höra att flertalet av dessa trappor skulle symbolisera människans uppstigande mot himmelska höjder.

Här finns också fönster som inte är riktiga fönster, utan attrapper. Först gissar jag att de hade varit avsedda att väcka vandrarnas hemlängtan. För att ens hem kanske kan finnas någonstans i grannskapet. Jag bara gissar, men jag tar fel. Efteråt fattar jag att de inte varit tänkta som några attrapper, utan representerar rester av olika offeraltare. Bakom varje enstaka detalj döljer sig en mening. Jag funderar och gissar. Mitt huvud går runt och jag anar att jag äntligen närmar mig stadskärnan.

Hur kommer det sig egentligen att vi, nordbor, numera upplever den moderna arabiska världen som någonting okultiverat, rått och primitivt? Låt oss vara ärliga! Det säger jag med tanke på exempelvis niohundratalet. Då sprang vi runt här i Norden som otvättade vilda vikingar med våra vassa Torshammare och högg folk till vänster och höger. Samt kremerade våra hövdingars livs levande fruar tillsammans med deras i striden stupade äkta hälfter.

Och under tiden blomstrade den arabiska civilisationen i sin fulla intellektuella och kulturella prakt. Tänk på Orientens beryktade sagopalats, på de blomstrande trädgårdarna, de aromatiska tvålarna, de väldoftande parfymerna, de handknutna mångfärgade mattorna, de lena silkestygerna och det välsmakande kaffet. Och teet...

Numera skulle Norden avstanna utan sin sedvanliga kaffedrink. Men då, vid Gud, visste inte dessa vildar vad kaffet var för tingest. Det man inte vet, saknar man inte heller. Inte desto mindre fattades vikingarna de rengörande tvålarna, vid tider då de illaluktande och berusade på sitt mjöd föll ner till marken och somnade. Då sov de ruset av sig, uttröttade efter dagens bravader. Jag tänker på dem och på oss och jag undrar.

Numera har vi blivit så in vassen puttenuttiga. Bland alla folkslag på jorden är nordborna kända för att vara det allra renligaste folkslaget. Speciellt svenskarna. Man snurrar runt sina ljusa trämöbler där hemma, med sin mikrofibervippa, dammar av och dammsuger småsmulor på golvet. Och det känns väldigt angeläget...

- Det verkar överdrivet för att vara vikingarnas arvtagare. Inte sant eller hur? Hur kommer det sig?

Jag tänker också på de arabiska siffror som vi använder, på deras eleganta skrift, på deras avancerade nästan poetiska grafik. Jag tänker på forntida långt framskridna matematik, kemi, astronomi och medicin. Jag tänker på den persiske läkaren, filosofen och vetenskapsmannen Avicenna som levde på 900-talet. Vid ett visst tillfälle gjorde han en studieresa till Norden. Hans mål var att studera vikingar. Avicenna blev djupt chockerad över de primitiva nordiska anorna. Vid ett tillfälle guidades han in i en bosättning. Det han fick se där skakade honom i hans grundvalar.

Bland annat gick han in i en provisorisk stuga med åtta sovande vikingar. Vikingarna väcktes för att kunna hälsa på den beryktade utländske gästen. Enligt Avicennas upprörda beskrivning steg de upp från träbäddarna toviga i håret, spottandes till höger och vänster, med blöta byxor och rinnande näsor.

I sina memoarer skildrar Avicenna vikingarnas tvagningsprocedur: Den yngste av vikingarna gick ut för att hämta en balja med källvatten. Baljan ställdes i mitten av stugan. Var och en av de åtta vikingarna använde i tur och ordning baljvattnet för att tvätta sina ansikten. Enbart ansiktena och händerna. Därigenom fick Avicenna kännedom om de deltagande vikingarnas olika samhällsstatus. Den högste i rang tvättade sig först, då vattnet var renast. Till näste viking lämnades vattnet något så när grumligt. Den tredje blev tvungen att akta sig för snorkråkor och spott. Och när den fjärde i rang var på väg till baljan skyndade sig Avicenna ut ur stugan emedan han var tvungen att kräkas.

Under besöket hade Avicenna turen med sig, för just då skulle en stupad kamrat begravas tillsammans med några av sina familjemedlemmar. Vid tiden för kremeringen var de senare fortfarande livs levande. Nu minns jag inte släktingarnas exakta antal, jag läste Avicennas dagböcker under puberteten. Den boken var en av många i mors historiska boksamling. Men jag minns mycket väl att familjemedlemmarna var fler än bara en eller två. Alltså fick denna högt civiliserade läkare Avicenna bevittna familjekremering i ett vikingaskepp som stod på land. Den i skeppets innandöme instängda familjens skrik och jämrande gjorde ett så starkt intryck på honom att han bevittnades blekna som ett lakan och svimma på fläcken. Den här gången var det Avicennas nordiska vägvisare som beskrev händelsen i egna memoarer. Vägvisarens minnen utgjorde ett annex till mors gamla bok.

Det blev ännu underligare då de två orientaliska upptäcktsresande anlände till Norge. Där ledde dem deras studiebesök in i en stuga som inrymde fem sängar. Det var en tidig morgon och Avicenna fann där sitt livs största överraskning: i var och en av träsängarna sov ett par tre människor och en stor gris. Verkar udda, men tänker man efter, förstår man att dessa resande från Fjärran Östern besökte Norge mitt under en kall vinter. Då ska de skylla sig själva, för de hade ju kunnat anpassa sin resa efter den rådande årstiden.

Hade de väntat till sommaren skulle de finna grisarna ute, istället för inomhus och i människosängar. Det intressanta var att norrmännen hade bekväma sängar i jämförelse med svenskarnas hårda britsar. Och att de använde grisar som
180

värmekällor var inte alls så tokigt. Man ska ju helst inte frysa, speciellt inte när man ska sova. Hurra för norrmännen på 900-talet - de visade sig vara mer innovativa än svenskarna.

Avicenna antecknade i sina dagböcker att norrmän, till skillnad från svenskar, påvisade begynnande anlag för komfort.

Allt detta tänker jag på medan jag vandrar längs den forna orientaliska handelsvägen. Vad hände med den arabiska högkultiverade världen, den som kom allra först med sin kunskap, konst, musik och tekniska uppfinningar? Men den frågan får något annat klokt huvud söka svar på. Mitt eget duger inte till detta. Jag är bra på att ställa frågor, men jag har inga svar. Just nu är jag blott en betraktare och beundrare av arabisk svunnen kultur. För Al Siq andas kombinationen av öknens vildhet och människans strävan att hedra sin skapare genom att uppnå det högsta inom både materiell och andlig kultur.

Nu gör Al Siq sin sista branta sväng. Passagen är extremt trång och dunkel, eftersom bergsklipporna går så gott som samman högt ovanför mitt huvud och utestänger himlen helt och hållet. Jag känner mig som en pygmé i den snäva gången. Men framför mig i gångriktningen strålar högre upp en detalj från en byggnadsfasad inramad av två klippor. Den badar i solljus. Fasaddetaljen hör till Petras centrala byggnad Khazneh al-Firaun, det vill säga Faraos skattkammare!

Jag går några steg till och nu är jag ute ur dunklet. Solstrålar slår rakt ner på mig. Himlen är klarblå och skattkammarens overkligt vackra gestalt skiftar i ett spektrum mellan ljusrosa och klarorange nyanser. Jag har sett denna byggnad på flera foton i resekatalogen, men alla dessa utgjorde blott en vag skildring av vad jag har framför mig i detta nu. Jag står på den ena sidan av ett stort torg.

Khazneh al-Firaun reser sig majestätiskt på den motsatta sidan. Den syns mig vara som en jättelik teaterridå utsmyckad med klassisk kolonnad och fasadreliefer. Den romersk-grekisk-stilade portalen vilar på sex högresta monumentala korintiska pelare. Ovanpå portalen vilar tre mindre arkitektoniska byggnader, var och en dekorerad med två mindre och smalare kolonner. Dessa tre sammanlagda skulle kunna utgöra byggnadens övre och lägre portal som skulle kunna krönas med sadeltak. Men det finns inget tak, det finns tre mindre separata portaler istället för en tredelad. Det tak som antyds finns inte! Dock saknas inte hela taket, utan bara dess centrala del. Genom denna avsaknad skapas intrycket att taket öppnar sig uppför råklippan, att taket lyfts upp och smälts ihop med himlavalvet! Det säger oss: Människa, Guds Himmel är ditt tak. Känn dig trygg, himlen beskyddar dig!

Detta kan inte vara verkligt. Jag har aldrig sett något liknande. Det har inte heller någon annan gjort. Jag har hamnat i en sagovärld. Ta som exempel den mellersta påbyggnaden, den är cylindrisk och liknar en rotunda eller ett tabernakel. Den bekransas av en konisk baldakin som sluts med ornamental fris. Baldakinen kröns av en korintisk urna. Enligt lokala utsagor utgjorde urnan själva skattkammaren! Där inne i en rund kammare förvarade nabatéerna sitt guld och sina ädelstenar. Vad fick de sina skatter ifrån? Jo, från vägen.

Vägen från Kina mot Medelhavet gick genom Al Siq. Kina försåg hela världen med sina silkesvaror och sitt porslin. Det fanns inga andra säkra vägar genom den torra vidsträckta öknen. I Petra fanns vatten, mat och härbärge. Alltså levde Petras invånare på skatter som krävdes av förbipasserande handelsresande, som var tvungna att leda sina tungt lastade karavaner genom staden.

Jag går över torget och stannar framför skattkammarens byggnad. Jag dröjer länge och betraktar fasaden med dess nischer som bär rester av reliefer och avskalade skulpturer. Spår av ökenväldet. Men fasaden bokstavligen svävar i sin obeskrivliga skönhet och harmoni med omgivningen. Man
182

kan känna byggnaden bära på hemligheter. Varje blick på den väcker nya frågor. Vem var byggmästaren? Fasaden är såpass sofistikerad i sin design, konstruktion och högkonstnärligt hantverk att man bara står och gapar. Man tror att Khazneh al-Firaun byggdes någonstans mellan 300 och 700 e Kr, under Petras Farao Aretas IV. Denna tid var stadens storhetstid och Petra använde sin rikedom till att bygga ännu fler magnifika byggnader.

Men staden ruvar på många hemligheter och allt som man ser här bär gåtfulla uttryck. Några säkra källor säger att från början var byggnaden tillägnad den egyptiska gudinnan Isis. Man kan se att den snarare liknar ett tempel än ett palats eller skattkammare. Isis tillbads som en Mångudinna, och templets undanskymda läge talar för det.

Det ovala torget framför byggnaden har en form som snarare tar ens tankar till nattliga ceremonier som alla Isis tillägnade tempel var kända för, än till en rörig torghandel vilken tros ha försiggått här i nyare tider. Dessutom, om man betraktar fasaden som helhet, upplevs den på något sätt som feminin. Fasaden andas kvinnlig elegans, sofistikering, spiritualitet. För mig känns byggnaden drömlik. Det skulle passa Isis som nattens gudinna.

Det andra argumentet, som talar för att Khazneh al-Firaun från början byggdes som Isis tempel, är byggnadens arkitektoniska stil. Stilen bedöms av forskare bära spår av gamla egyptiska byggmästare samt influenser från antika Grekland. Isis-kulten hade varit vida utspridd såväl i Grekland som i Egypten. Efter en lång stunds funderingar beslutar jag att byggnaden Khazneh al-Firaun uppfördes ursprungligen som Isis Tempel och fick en ändrad användning under Farao Aretas IV regering, vid tiden då Isis-kulten avtog genom att förlora de flesta av sina anhängare.

Om man läser Ovidius bok *Metamorfoser* får man större inblick i Isis mysterier... Även ett tredje argument föds i mitt huvud. Det styrs av tanken på att Isis var nattens och månens gudinna. Månen styr vattenflödet. Petra var ryktbar för sina vattenanordningar. Efter att ha vandrat omkring upptäckte jag mängder av mystiska runda hål som såg ut att vara spridda på de övre delarna av Petras rödmelerade klippor. Dessa håligheter, fick jag veta, var avsedda för att samla regnvatten. Nabatéerna borrade djupa vertikala kanaler i dessa klippor. Kanalerna blev till vattenrör vilka ledde vattnet neråt för att styra vattenflödet in i vågräta urholkningar som fortfarande syns på båda sidor av passagen. De gjordes med syftet att både människor, deras hästar, åsnor och kameler skulle kunna släcka sin törst.

Detta förklarar utplaceringen av passagens olika djurskulpturer. På ett ställe ser jag rester av en i sten uthuggen kamel. Det säger mig att skulpturen inte enbart utgjorde prydnad, utan också en markering av platsen där kameler fick dricka. På ett annat ställe finns en skulptur av en människa. Tydligen härrör skulpturernas placering från flödets riktning. Högre upp fick kamelförare släcka sin törst, längre ner fick kamelerna dricka.

Men tanke på detta, samt på byggnadens introducerande läge, verkar det logiskt att anta att för att skaffa sig Mångudinnans bistånd och beskydd i fråga om vatten, byggde Petras människor ett tempel till vattenhärskarinnan Isis. Och torget framför tjänstgjorde som arena för de heliga ceremonier som hölls vid varje fullmåne. Månen styr vatten. Vatten symboliserar känslor. Jag känner på mig att tanken är riktig. Längre fram kommer jag att komma på ytterligare ett bevis som ska omvandla hela upplevelsen till någonting mer personligt.

Det är dags att undersöka byggnadens innanmäte. Jag kliver över den höga tröskeln och blir mäkta överraskad, men den här gången blir jag faktiskt besviken. Här inne finns enbart en sal på cirka trettio eller fyrtio kvadratmeter. Det är en i klippan uthuggen kubisk kammare. Nakna släta väggar, ing-
184

en utsmyckning, inga detaljer eller dekorationer. Inga fönster. Det finns inget här att se eller att göra. Det är dunkelt och jag återvänder till solen.

Nu minns jag att denna kammare påstås vara en gravplats för Farao Aretas IV, och det står i resekatalogen att väggarna haft färggranna fresker som varit en hyllning till Faraos liv på jorden. Det är väl troligt. Men Isis Tempel var det från början. Vid den här tidpunkten är jag riktigt säker. Och varför är jag så säker? Hur i all sin dar kan jag veta det jag tror mig veta?

Jo, för länge sedan läste jag Ovidius. Flera år senare när jag var gravid med min dotter och samtidigt gick på en kurs i gravyr, arbetade jag på en etsning som avbildade gudinnan Isis. Jag ville att min dotter skulle likna Isis, den Isis som jag föreställde mig under läsningen av Ovidius *Metamorfoser*. På den första skissen ritade jag Isis Tempel. Jag hade ingen aning om hur det templet ser ut. Men under mina konst- och arkitekturstudier lärde jag mig om klassiska stilar. Alltså använde jag den antika grekiska stilen som modell för Isis-tempel på bilden. Gravyren blev ganska mörk i tonerna, dock lyckad. Den föreställde en tempelbyggnad i månsken. På den sammetssvarta himlen ovanför templet ingraverade jag Isis uppstigande ljusa månansikte. Hennes huvud kröntes med horn. Mellan hornen satt en lysande månskiva. Ansiktet kopierade jag från en nordtysk medeltida kyrkobild av Jungfru Maria.

När min dotter föddes såg jag att hennes ansikte liknade Marias från den bilden. Låter otroligt, men så var det! Man kan se min dotter som ett levande bevis på detta. Även nu, efter många år, har hon bibehållit sitt Maria-ansikte. Nuförtiden liknar hon ännu mer etsningens Isis än hon gjorde som barn. Och tro mig eller ej, det tempel som finns etsat i kopparplåten hemma i Stockholm liknar Petras underbara byggnad av Khazneh al-Firaun.

Allt detta tänker jag inte alls på när jag går bort från

Khazneh al-Firaun för att vandra tillbaka till bilen. Jag kom på tanken alldeles nyss. Det bortglömda konstverket poppade fram ur mitt ganska omfattande minnesregister.

Helt oförhappandes.

9

Fröjder & Utmanningar

Fröjder & Utmaningar

Om man skrollar tiden baklänges och tänker på de fröjder som Jordanien haft att erbjuda, ser man att dessa var rätt så många. Man hinner faktiskt se och uppleva mycket på bara en vecka. Jag har haft den fördelen att besöka Jordanien två gånger och både gångerna stannade jag en vecka. Efter att ha upplevt landet och dess människor både till havs och på land, och efter att något så när smält det upplevda, syns det mig att det onekligen var Petra som tog priset. Man kan skriva sida upp och sida ner om den magnifika platsen, upplevelserna verkar aldrig ta slut.

Tänk att du står just på det ställe där den bibliske Moses slog ned sin ryktbara stav i den uttorkade marken, och genom detta väcktes en ny vattenkälla till liv. Jag har stått där på platsen med min iPhone i högsta hugg. Jag har tagit bilder på en låg rotunda i sten som numera beskyddar källan. Hur kom det sig att Moses överhuvudtaget besökte Petra? Jo, det gjorde han i samma veva som han var på väg att föra ut israelerna ur Egypten. Känt faktum.

Moses ledde israelerna genom Al-Siq via det öken område som nu bär namnet Wadi Musa. Vägen gick genom Petra. Den arabiska benämningen Wadi Musa översätts som Moses Dal. Alltså: Moses gav Petra dess vatten! Detta ansågs vara en magisk handling, även i gamla tider då diverse under hörde till vardagen. Till och med stadens invånare fick ett ryckte om sig att vara magiker, eftersom de troddes kunna utvinna vatten ur de uttorkade klipporna.

Som arkeologisk fyndplats är Petra inte helt och hållet utforskat. Arkeologerna har hittills grävt fram 800 olika byggnader, men det mesta vilar kvar under sanden. Under tiden fortsätter man med utgrävningarna. Det gör att inträdespriset stiger.

Döda Havet gav mig en hel rad oförglömliga stunder. Dess historiska betydelse liknar ingen annan plats på vårt jordklot. Månget folkslag strävade efter att inkludera denna Orientens pärla i sina herravälden. Nu ligger Döda Havet, med stränder fullspäckade av mångnationella kostsamma spaanläggningar, och torkar ut. Vattennivån sjunker med varje år som går. Det har bildats olika kommissioner som arbetar för att rädda Döda Havet från att sina ut helt. Men det lär inte bli enkelt.

Jag har åtnjutit havet vid två olika tillfällen, jag har badat i dess helbrägdagörande vatten. När jag var där tömde jag ut Ramlösan ur flaskan för att kunna fylla den med Dödahavsvatten. Nu står flaskan här hemma i kylskåpet. Då och då, när jag ska möta någon andlig person, tappar jag vatten i ett mindre provrör och ger det som gåva. Ett par av mina vänner som är präster fick Döda Havets vatten, och det gjorde dem upprymda och lyriska.

En annan värdefull, dock redan halvfull, flaska som förvaras i mitt kylskåp bevarar vatten från Jordanfloden. Jag fyllde den på den plats där Johannes Döparen utförde sina bibliska ritualer och döpte allas vår Jesus. Visst tror jag på sådant, varför inte?! Jag föredrar att tro på vad folk säger innan någon annan bevisar motsatsen. Det gäller i alla sammanhang, jag håller mig till den principen. Och att inte Jesus blev döpt på just det stället har ännu ingen bevisat. Så den flaskan sänker sin vattennivå i de fall jag råkar bli bjuden till dop. Annars står den bara där och sprider sin helgd över den mat som förvaras i kylen.

Alltså har jag varit vid Jordanfloden och besökt platsen där Salome dansade inför kung Herodes, för att sedan till sin mor servera Johannes Döparens huvud på ett silverfat. På den platsen finns rester av det ursprungliga mosaikgolv som kanhända bevarar minnet av den fräcka dotterns ödesdigra danssteg eller så stänk från Johannes Döparens blod.

Jag har också klättrat uppför sanddynorna på Wadi Musa och där uppifrån blickat många mil över öknen. Detta hände vid solnedgången. Jag mediterade över Moses och hans beryktade folk. Jag föreställde hur den barfota Moses stödjandes på en magisk stav, trampar fram i ökensanden. Då och nu... Kan man tänka!

Dessutom har jag också talat med flera beduiner, försökt att leva mig in i deras värld som är helt olik min egen. En ung beduinflicka gav mig en liten vacker sten från Petra. Jag ville också ge henne någonting från min värld så jag sträckte fram en blyertspenna. Hon såg ut att bli förvånad, tittade på pennan i min hand, men tog inte emot den. Jag plockade fram ett pappersark för att visa henne vad man kunde göra med hjälp av en penna. Hon sa ingenting om det och gick därifrån. Då blev jag faktiskt sårad, jag ville ju bara väl. Och det blev hon som gav mig en present allra först!

Men om jag tänker efter förstår jag att min penna bröt för starkt mot hennes världsbild. Hon behövde den inte. Hon skulle leva i sin beduinvärld som består av sand, klippor, tält, halvädla stenar, vävda tyger, mattor, åsnor och kameler. I den världen var min blyertspenna helt överflödig. Och jag skämdes både för mig själv och för pennan. Skulle jag ge henne en kamel skulle hon kanske bli glad. Eller lite pengar? Kanske, inte säkert. Men en penna...

För egen del går jag ingenstans utan en blyertspenna, men för en beduin verkar den gagnlös. Flickan var inte ens nyfiken, som barn brukar vara. Men hon var klok och vårt möte berikade min värld. Jag har talat med många människor; gatuförsäljare, taxiförare, butiksexpediter, hotellstädare, lokala guider, poliser, båtkaptener, säkerhetsvakter och folk på gatan de gånger jag sökte efter en väg, marknad eller vad det kunde vara på en okänd plats. Av dem alla fick jag lära mig något nytt vilket jag saknade innan.

Kvällen före avresan gick Marje och jag ut på stan. Tidigare på dagen bestämde vi oss att fara över till Eilat. För mig representerade Eilat en av de bästa dykarsajterna. Naturligtvis tog jag med mig min snorklings utrustning. Jag ville spendera den återstående tiden vid havet. Marje däremot såg fram emot att promenera i Eilat, hon ville se själva staden. Det andra hon längtade efter och hoppades på var att få dricka en kopp cappuccino.

Jag varnade henne att nutida Eilat var en modern semesterort och att det inte fanns något där att se, förutom hotell, banker, restauranger och bensinstationer. Havet var en helt annan femma, där fanns tropiska fiskar att beundra. Men Marje trodde mig inte. Dock visade det sig att jag hade helt rätt, Eilat var precis vad jag trodde. Marje var tvungen att hyra snorklings utrustning och missnöjd sänka sig i havet, medan jag satt på stranden och pratade med ett par solbrända ryska turister om hur det var att bo i Eilat.

Sedan träffades Marje och jag vid strandkanten. Hennes uppförstorade ögon med de våta ögonfransarna strålade av förtjusning. Hon pekade åt ett håll dit jag skulle skynda mig att simma för att hinna se en enormt stor blå fisk! Fisken gömde sig under restaurangens veranda, som sköt ut över havsytan. Jag skyndade dit för att bekanta mig med Fisken.

Den var lysande ultramarinfärgad och så stor att jag häpnade. Jag umgicks lite med den, vi jagade varandra. Än simmade jag efter fisken, än fisken efter mig.

När jag gick upp på land var Marje helt påklädd och ville dricka sin cappuccino. Vi satte oss ett stycke bort på mjuka divaner. Där satt vi i en halvtimme bland en massa unga dykare och deras kvinnliga dejter och väntade på vårt kaffe. Efter att ha åtnjutit var sin kopp tog vi taxi till en delfinarier. Båda längtade vi efter att få simma med delfinerna.

Men delfinariern hade stängt kort innan vi anlände. Jag skyllde förseningen på Marjes cappuccino-måsten och hon på min snorkling. Klockan var fem och vi åkte mot staden. Marje blev övertygad om att det inte lönade sig att promenera runt i Eilat. Istället letade vi upp en bankomat där vi hängde ett bra tag för att vi inte visste värdet på de israeliska pengarna. Vi hade ingen aning om hur mycket eller vilken sorts valuta vi skulle växla till för att betala vår återresa till Jordanien.

Det var faktiskt klurigt. Saken var den att vi behövde betala för att komma från Israel tillbaka till Jordanien. De israeliska sederna visade sig vara högst originella. I alla andra för mig kända länder brukar man betala sitt visum. Det vill säga man betalar inträde till landet. Men här i Israel betalade vi inget inträde, utan utträde. Så vi stod där och undrade om hur mycket valuta behövdes för att ta oss ut. Sedan lämnade jag Marje vid bankomaten och gick runt för att leta efter en bank där de skulle kunna upplysa mig om kursen. Jag hittade ett flertal banker och växlingskontor, men alla var stängda. Till slut vågade vi chansa och tog ut några shekel. Vi tog taxi och skyndade oss i riktning mot gränsen. Tidigare varnades vi för att den jordanska gränsen skulle stängas för natten vid åttasnåret. Skulle vi missa klockslaget skulle vi bli tvungna att stanna i Israel till dagen därpå. Men vi hann. Efter att ha betalat vårt utträde ur Israel fick vi väldigt bråttom för att hinna betala inträdet till Jordanien.

Det blev jag som betalade, emedan Marje såg en souvenir-butik och försvann in i den. Jag gick efter för att hämta henne och där stod hon framför spegel med en röd duk virad om huvudet. Bredvid henne stod butiksinnehavaren som beundrade den nya orientaliska Marje. Hon lät mig förstå att hon funderade på att ge duken i present till sin dotter.

Under tiden jag väntade på att hon skulle besluta sig för att köpa eller inte köpa upptäckte jag ett par snygga korall-örhängen och vackra lösa halvädla stenar. Efter flera om och men tackade Marje nej till den röda duken och valde just de örhängen som jag beundrade. Vi betalade skyndsamt och sprang till utgången. Vakten väntade vid den höga järngrinden. Lite hotfullt men leende skramlade han med kedjan till hänglåset. Vi rusade förbi och grinden slog igen bakom oss. Vi pustade ut och började spana efter taxi i det totala mörkret.

Nu har vi rentav promenerat från Israel till Jordanien - kul. På den israeliska sidan fanns lyktor och mångfärgade girlanger. På den jordanska fanns inte ett lyse, men vi lyckades att urskilja en taxi som stod på den dunkla parkeringen.

Vi sätter oss i bilen och den ska just starta då en skum figur knackar på bilfönstret vid min sida. Jag vevar ner rutan och blir trevligt överraskad av ett sympatiskt ungt skäggigt ansikte. Det visar sig tillhöra en ståtlig holländare som frågar om han får följa med till Aqaba. Visst får han det. Han hoppar in i framsätet. Marje och jag sitter bak. Vi pratar med holländaren hela vägen.

Den flygande holländaren berättar om sina israeliska och marockanska äventyr. Han är på väg att träffa en avlägsen tjej-bekant som har bjudit honom till sitt hem i Aqaba. Jag frå-gar honom om hon är jordanska. Svaret är positivt. Vidare frågar jag om hon bor själv. Nej, säger han, hon bor tillsammans med sina föräldrar. Då tycker jag genast synd om hollända-
194

ren, för han tycks vara helt omedveten om de arabiska sederna. Jag talar om för honom att om inte giftermålet med denna kvinnliga bekant ingår i hans planer, är det bäst att han söker reda på ett alternativt övernattningsställe. Det passar sig inte att bo hemma hos hennes föräldrar. Han tänker efter och menar att det säkert kommer att ordna sig på något sätt. Ett tag funderar jag på att inhysa honom på mitt hotellrum, men kommer på att det inte heller är så värst lämpligt. Så kommunikativ som han verkar vara, kommer han att hitta ett härbärge utan att jag lägger mig i.

Efter en stund kommer vi fram till Aqabas centrum. Marje och jag kliver ur bilen för att i tur och ordning bli kramade av den kärleksfulle holländaren. Han envisas till och med att betala resan, vilket förvånar både mig och Marje. Det hade vi inte väntat oss och vi menar att det inte behövs, men han insisterar. Därefter försvinner han in i en närliggande bar. Vi fortsätter att ströva runt och titta i skyltfönster.

Jag är hungrig och längtar efter att sätta i mig en ordentlig måltid. Marje föreslår att vi ska gå till hennes favorit falafelställe. Falafel kan jag äta i Stockholm närhelst jag vill. Nu vill jag gå på en lyxigare restaurang och njuta av vår sista kväll här i Aqaba. Marje verkade hålla med innan, men nu påstår hon sig inte vara hungrig. Först vill hon gå runt på stan, hon önskar handla lite inför avresan.

Jag försöker påtala att min stora väska med dykarprylar är för tung att bära runt på en shoppingtur. Marje verkar inte bry sig om mina klagomål. Hon går före med långa klyv, jag släpar mig efter. Jag har mycket kortare ben än Marje. Vi går in i olika butiker både tillsammans och var för sig. Så avlöper ett par timmar. Då och då hjälper Marje till att bära väskan.

Under dessa för mig plågsamma timmar köper vi ett par små metalltallrikar var, och jag köper fem påsar med torkad henna. Henna växer på bergstoppar, nära himlen och solen. När jag sköljer mitt hår med henna känns det som att mitt huvud befinner sig på toppen av ett berg och nära solen... I det avseendet är henna viktigt för mig. Den lyfter upp mitt medvetande, har jag fått för mig. Men nu är jag vrålhungrig och helt utmattad. Mitt högra knä värker, jag orkar inte med fler promenader. Just då får Marje syn på en uteservering med färskpressade juicer.

- Milde himmel, får jag äta någon gång eller inte, stönar jag. Men Marje skyndar glatt över torget och beställer sig ett glas färskpressad juice. Jag släpar mig efter henne och ramlar på aluminiumstolen bredvid. Jag upprepar det där om att jag är vrålhungrig. Men som svar ler bara Marje sitt odefinierbara leende. Jag fattar att innan hon druckit upp juicen blir det ingen mat. Så jag ger upp, slappnar av och börjar spana runt. Jag börjar inse att det fina i situationen är att medan Marje väntar på att drinken pressas färdigt, och medan hon ska dra in den sakta i munnen genom sugrör, behöver jag inte bära på min tunga väska.

I väntan på färskpressat känner jag plötsligt doften av färskmalet - kaffe! Jag lyfter på huvudet och upptäcker en kaffebutik på andra sidan torget. Då ställer jag väskan på stolen och låter näsan visa vägen.

Inne i butiken doftar det ännu ljuvligare. En trevlig medelålders man står bakom disken. Framför honom finns ett antal stora metallskålar uppställda på en rad. Skålarna är fyllda med olika sorters kaffebönor, blanka och bruna i färgen. Det finns bara en skål där bönorna är gröna. Jag frågar mannen om det gröna också är kaffe. Han ler och talar om för mig att det är kardemumma. Jaså, det visste jag inte. Jag önskar mig ett halvt kilo av hans kaffe.

Det visar sig att det finns flera olika sorter, så jag vet inte vilken jag ska välja. Jag är i valet och kvalet och luktar mig genom de flesta. Till sist ger jag upp och säger att jag litar på affärsinnehavarens omdöme. Jag vill ha den kaffeblandning som han själv uppskattar mest. Han tar fram en gammaldags skopa och börjar fylla en påse med kaffe av olika sorter.

196

Innan han kommer fram till skålen med kardemumman hinner jag säga att jag inte vill ha den i blandningen. Han skrattar och säger att den tänkte han inte ta, eftersom han, genast när han såg mig, visste att jag och kardemumman inte skulle trivas ihop. Han säger att om man blandar kardemumma i kaffet, kommer den smaken att slå ut de andra unika kaffebönornas smak. Hela aromen bryts ner av denna starka krydda.

Hoppsan, han tar mig för en kännare! Det är smickrande. Medan han mal blandningen i en klumpig surrande automat berättar han om sitt liv. Han börjar med svar på min fråga hur det kommer sig att han säljer kaffe.

Jo, i sin ungdom var han sjöman och seglade runt hela den vida världen. Mannen är superb på att beskriva sina sjöäventyr och berättar om palmer, papegojor och kaffeplantager. En gång har han även legat i Göteborgs hamn, säger han och bevisar genast det sagda genom att uttala några få ord på svenska. Sannerligen är kaffeförsäljaren berest.

Resor kan ju tjäna folk istället för böcker. När man läser föreställer man sig saker och ting. När man reser upplever man nya platser och träffar många olika människor. Så att läsa eller att resa utvidgar horisonter, framalstrar visioner eller formar livsfilosofier. Att resa och läsa utgör ett sätt att berika och utveckla ens egen personlighet.

Nu ser jag genom butiksfönstret att efter den långa väntan fick Marje sin färskpressade drink. Hon tömmer glaset just nu genom ett långt grönt sugrör. Jag säger tack och adjö till den trevlige kaffeförsäljaren och skyndar ut. Marje erbjuder mig att smaka på hennes drink. Jag tar en klunk, medans jag får veta att nu tänker hon leta reda på en butik där de säljer musikinstrument. En speciell butik där försäljaren bjuder sina kunder på mintte.

Nu är måttet rågat! Marje ger sig iväg till butiken där hon är säker på att erhålla en kopp te och det kan hända att hon även köper ett musikinstrument. Hennes familj är i högsta grad musikalisk.

Klockan är snart midnatt, jag bestämmer mig för att ta taxi. På mitt femstjärniga härbärge kan man beställa mat på rummet dygnet runt. Jag tänker äta i sängen genom att beställa en vräkig måltid. Och Marje får komplettera teet med sin egen matfavorit: Falafelen. I mitt stilla sinne börjar jag reta mig på falafel, och det är inte rätt! Det är inte falafelens fel att Marje och jag måste äta vår allra sista jordanska middag var för sig. Det tycker jag är tråkigt.

Väskan skär in i handflatan, jag orkar knappt dra benen efter mig och jag håller utkik efter taxi. Naturligtvis går jag vilse och frågar förbipasserande om vägen. Men efter en kvart sitter jag i en bil och snart är jag framme vid Mövenpicks grind.

Den på sistone plågsamma väskan skannas sedvanligt av hotellets säkerhetsvakter och återlämnas välbehållen. Medan väskan processas skickar jag ett sms till Marje om att jag äntligen har kommit fram. Det är för att hon inte ska oroa sig för mig, ifall hon skulle märka att jag är bortsprungen. Jag vill också veta om hon har kommit tillrätta. Sedan tar jag hissen till min våning och haltar fram längs de blankpolerade marmorbeklädda korridorerna.

Jag stoppar plastnyckeln i låset och äntligen är jag åter i mitt hotellparadis. Jag tappar upp badvattnet medan jag sitter på sängen och bläddrar i hotellets mångsidiga (i dubbel bemärkelse) nattmeny. Dels innehåller menypärmen många sidor, dels exponerar dessa sidor många varierande rätter. Jag kan välja mellan det lokala jordanska, det kontinentala amerikanska eller det europeiska köket. De kommer att tillaga vadhelst jag beställer. De kommer att leverera maten på en silvrig bricka inom loppet av tjugo minuter. Nu är det bara att lyfta på luren och lägga in sin beställning. Och det gör jag nu.

Under tiden maten tillagas sänker jag mig ner i badkaret. Mitt knä får slappna av tillsammans med de övriga svullna

198

lemmarna. Skönt! Sedan är jag åter på benen och just då knackar det på dörren. Jag öppnar för att möta synen av en ofantligt snygg servitör klädd i en röd sammetskavaj. Han håller upp en stor bricka täckt med stärkt duk. Först försöker jag ta brickan ifrån honom, men upptäcker genast att den är för tung. Då släpper jag förbi servitören, han går in och placerar brickan på ett lågt bord vid balkongen. Jag betalar mat och service. Det imponerande manliga exemplaret lämnar majestätiskt rummet. Jag lyfter bort den vita duken och inspekterar mina små rätter. Wow! Här ska det ätas!

Jag sätter mig i sängen och låter maten smaka. Jag har inte ätit en smula sedan frukost, endast en liten cappuccino i Eilat. Visserligen är det sent för en måltid, men jag njuter i fulla drag. Då och då sneglar jag på mobilen, men inte ett knyst från min Marje...

Nu är jag inte längre sur på henne som jag var tidigare. Hon är som hon är, Marje. Alla är vi olika. Dock undrar jag ändå: hur tänker hon egentligen? Jag stiger ner i hennes skor och föreställer mig hur jag skulle bete mig om jag ville handla och min reskamrat skulle känna sig hungrig. Nej, jag skulle inte göra som Marje. Jag skulle följa med och äta först och handla senare.

Här verkar det som om de lokala aldrig stänger sina butiker för natten. Ingen idé att handla på fastande mage. Det är så jag tänker. Jag funderar på hur det kom sig att vi två bestämde oss för att resa tillsammans... och minns att det gjorde vi inte. Inte Marje i alla fall. Hon skulle inte resa ihop med mig. Hon skulle resa med Marek som sällskap.

Första gången Marje träffade Marek var på tunnelbanan. Hon var på hemväg från sin sedvanliga skidutflykt i Björkhagen. Det skedde några månader innan vi reste till Jordanien. Marje bar på skidor och syntes därför långa vägar. Hon berättade senare att Marek och hon hade stått på perrongen och pratat en stund för att sedan utväxla sina mobilnummer.

Innan vår avresa till Jordanien hann Marek och Marje träffas en gång. De drack då kaffe med dopp på ett fik i Gamla Stan.

De betalade var för sig.

Under vintermånaderna diskuterade Marje och jag en gemensam resa till Aqaba. Jag planerade mitt möte med Adam och hon med Fares. Till slut bestämde vi oss för att resa tillsammans i januari, men vi var inte riktigt överens om det exakta datumet. Jag ville resa i början av januari och Marje i slutet. Emellanåt träffades vi då och då, men mest umgicks jag med Marjes son Jonas. Han och jag blev riktiga polare och jag är inte så säker på om inte Marje kände sig lite svartsjuk. Det och lite annat smått och gott gjorde att jag inte var säker på om Marje ville ha mig som reskamrat.

För mig utgjorde det inget problem. För det mesta föredrar jag att resa ensam och gör det för det mesta. Men för Marje är det ett problem därför att hon alltid brukar åka på sina utlandsresor ihop med några andra. Vid tiden vi lärde känna varandra reste hon med sin son som sällskap. Den här gången väntade jag på att Marje skulle bestämma sig. Jag dröjde med att beställa resan. Men efter flera veckor av hennes velande och oklara besked, bestämde jag mig för att ta den resa som gick den tjugonde januari.

När vi hade pratat om att resa tillsammans tänkte vi oss att bo på ett hotell vid Japanese Garden. Det låg nära Röda Havets strand och hade humana priser. Jag ringde till hotellet och kollade tillgängligheten. Jag upplyste Marje om min plan. Hon sa varken bu eller bä. Sedan gjorde hon sig oanträffbar. Då tyckte jag att nu fick det vara nog med allt tvekande. Det var dags att ta ett beslut. Eftersom jag inte längre behövde ta hänsyn till Marjes önskemål med en gemensam vistelse, köpte jag min resa som inkluderade ett boende på Apollos hotell. Jag var något sårad över att Marje hoppade av och, för att tillgodogöra förlusten, bokade jag det femstjärniga hotellet Mövenpick. Jag tänkte att i saknad av Marjes sällskap skulle jag
200

åtminstone kunna åtnjuta hotellets bekvämligheter.

Det är typisk mig. När någon gör mig ledsen går jag och köper mig ett par snygga skor eller något annat onödigt. Det hjälper faktiskt. Alla har vi våra olika sätt att konfronteras med våra problem. Just jag gör det på just det här viset. Under senare år har jag skaffat mig en omfattande garderob. Jag har till och med fått köpa mig ett nytt klädskåp för att inhysa alla nya kläder. Då kan man gissa sig till att jag inte haft det så roligt alla gånger.

Två dagar efter att jag köpt min resa ringde Marje. Hon hade bestämt sig för att följa med. Med henne i luren gick jag ut på nätet och såg att det fanns en enda flygstol kvar till samma resa. Marje dikterade sitt Visa-nummer och så var hon med på resan. Men fortfarande hade hon inte bokat hotell. Jag blev glad att hon följde med. Nästa kväll ringde hon igen och sa lite blygt att hennes Marek skulle också följa med, och att han redan köpt en flygstol. Jag undrade genast hur hade han kunnat göra det om Marjes biljett var den sista? Det var underligt.

Så blev det att jag inte bara reste i Marjes sällskap utan också i Mareks. Jag är en anhängare av alla möjliga överraskningar, exklusive dem som utförs som en kupp. Jag kände inte Marek innan och upplevde att hans sällskap var mig påtvingat. Sett från ena sida. Från den andra började jag känna mig som femte hjulet. För att enligt Marje ville Marek uppvakta henne. Av den anledningen skulle jag förmodligen känna mig obekväm och överflödig. Usch, det var inget för mig. Dessutom tänkte jag på Marjes Fares och undrade: hur tänker hon egentligen? Hon har ju ingen tvilling, hur ska hon handskas med två karlar samtidigt? Jag bestämde mig att så fort vi kommit fram, ska jag frigöra mig från både Marje och Marek. Dessa tu får ta hand om varandra.

Först skulle vi tre träffas på Arlanda. Jag brukar vara allt annat än tidig till mina flyg, jag tillåter mig inga marginaler. Jag inbillade mig att när jag beträder Arlanda har Marje och Marek checkat in och jag kommer att sitta själv och de tillsammans. Men där tog jag fel. Marje väntade på mig. På planet satt jag och hon tillsammans. Vi spelade Yatzy i fyra timmar och hade jätteroligt. Marek gick förbi ett par gånger, men Marje satt där hon satt och han var tvungen att återvända till sin plats. Man kan aldrig vara säker på henne. Stackars Marek.

Vi landade i Aqaba sent på kvällen, för att efteråt hänga i en långsam och lång kö till den jordanska passkontrollen. Jag och Marje snackade med folk runt omkring och såg ingen Marek. Han dök upp bara en gång och ville tala vid Marje. De gick åt sidan. Kort efter var Marje tillbaka. Hon var förtegen. Efter en stund frågade jag om Marek och hon skulle följas åt till Aqaba för att tillsammans leta efter ett prisvärt hotell. Då sa Marje att de inte är tillsammans för att Marek är konstig.

Jag undrade varför har han helt plötsligt blivit konstig och fick höra det otroliga; Marek hade med sig ett tält! I och för sig var det inget konstigt med det. Detta hade han pratat om innan. Det häpnadsväckande var att han planerade slå upp sitt tält vid Aqabas flygfält. Han tänkte övernatta där. Han erbjöd Marje att vara med, men hon avböjde. Hennes reaktion fick Marek att försvinna från vår horisont. Nästa gång jag såg Marek var det på Arlanda flygplats då vi hade landat från Jordanien.

Men Marje hade tillfälle att träffa honom sista kvällen i Aqaba när hon, efter att ha köpt sig mätt på musikinstrument och diverse annat, återvände till sitt hotell. Där fann hon Marek. Han tältade strax bakom hennes hotell! Efter att ha åkt runt i Jordanien en vecka, kors och tvärs, hamnade han på Japanese Garden. Han råkade slå upp sitt tält i backen mot hotellets baksida. Inte visste han om att hon fanns där. Hon visste inte heller att han tältade alldeles intill. Kan man tänka! Vad är chansen att något sådant skulle hända? Nästan obefintlig!

Och hur fick Marje och Marek vetskap om varandra? Jo, det var Marje som på semesterns sista morgon kom att tänka på Marek. Hon undrade vart han tagit vägen, och sms-ade hans mobil. Han svarade genast att han var vid Japanese Garden, och hon svarade att hon bodde på Japanese Garden. Då lade de ihop ett plus ett och de blev två! De träffades efter cirka 30 sekunder, gick ner till havet och snorklade tillsammans. Tänk vad de var glada. Det var mig ett verkligt sammanträffande!

Efteråt tillbringade de sista dagen tillsammans. Helt säkert tänkte Marje varken på mig eller på Fares. Hon glömde att jag ens fanns här i Aqaba. Det säger jag för att jag fick inga som helst livstecken ifrån henne! Inte ett knyst från kvällen innan fram till stunden då jag återfann henne i flygplatsens vänthall. Vårt flyg avgick vid åtta på kvällen. Sedan satt vi på planet och spelade Yatzy. Tänk att jag oroade mig för Marje tills jag fick veta att hon var okej och att hon hade trevligt med Marek.

Dock fick jag antydan om händelsen samma förmiddag, då jag begav mig till Japanese Garden för min allra sista snorklingstur. Innan jag dök ner i havet knackade jag på Marjes dörr och fick av hotellägaren veta att hon var utflugen. Han sa att tidigt på morgonen betalade hon för sin hotellvistelse och försvann med resväskan i en okänd riktning.

Först undrade jag vart hon tog vägen. När jag kom ner till stranden, fick jag veta från bekanta att min väninna hade varit där strax innan och badat i sällskap av en man, en man som man påstod kom från samma land som Marje. Jag gissade då att denna mystiska man var förmodligen Marek. Folk på stranden sa att han var från Polen och bröt på polska, men han kom hit från Sverige. Det bekräftade saken. Jag frågade vart de två tagit vägen och fick veta att efter att ha badat gick de upp till vägen och satte sig i en förbipasserande kombi. Jag undrade om mannen i fråga hade ett tält. Jodå, han hade sovit i ett tält bakom hotellet. Då blev jag helt övertygat att mannen var Marek och att Marje numera var i goda händer. Säkert åt de falafel tillsammans. Marje hade talat om för mig att falafel här i Jordanien säljs för 25 öre. Så fort jag hörde om tältet och kombin, slutade jag oroa mig och kunde ägna mig åt min snorkling. Jag kände mig ledig: numera fanns Marje under Mareks beskydd!

Under tiden Marek och Marje plaskade i Röda Havet, höll jag på att packa ihop mina prylar på Mövenpick. Resväskan var proppfull redan vid ankomsten. Däri rymdes dykarutrustning och en stor handduk, vilken tog mest utrymme. Men nu hade samtliga klädtyger svällt upp i havsluften, och jag kämpade med att vika kläderna så kompakt som det bara var möjligt. Medan jag höll på med det tänkte jag på Adam. Jag tänkte på hur rar han var när han försökte ge bort den ojämna italienska fenan, för att jag skulle ta med den som minnet.

Han ville att både han och jag skulle förvara varsin grodfot från mitt forna omaka par. I hans symbolvärld, som stämde med min, skulle det innebära att vi var ett par, trots att vi fortsätter leva på olika jordhalvor. Jag tänkte på hur okänslig jag hade varit då jag hastigt och lustigt avfärdade hans förslag, och det utan att jag förklarade att fenan helt enkelt inte fick plats i resväskan. Jag kunde inte bara ta med mig fenan den här gången av just den anledningen. Han blev sårad. Usch, vad jag skäms!

Oftast gör jag folk ledsna helt utan att mena det. Jag är bara så snabb att jag inte hinner tänka på hur de andra kommer att uppfatta vad jag säger. Min tanke rusar åstad utan att den hinner ägna sig åt hänsyn. Inte bra. Men jag har den ursäkten att Tvillingen i mig får mig att tänka för snabbt. Tvillingen står under påverkan av planeten Merkurius. Merkurius initierar kvickhet och stimulerar mänsklig kommunikation. mellan två människor ska kommunikationen klicka som den nyckel som passar till låset. Klick! Och dörren öppnas för båda.

Missförståndet är kommunikationens motsats. Det uppstår när en viss nyckel används till att öppna en annan dörr än den som nyckeln hör till. Slutsatsen är att jag måste se upp med både dörrar och nycklar. Jag försöker bättra mig, jag gör det med tiden. Men det är fortfarande svårt.

Bortsett från dörrliknelsen, vad är det för en kommunikation när de andra tenderar missuppfatta det mesta av vad man säger. De lyder under sina planeter och lider av sina egna nojor. De får för sig saker jag inte menar. De drar egna slutsatser. Och jag menar inte det som de andra utläser av mitt tal. De projicerar sina farhågor på mig, de fruktar att jag ska säga just det som de räds för att höra. I det jag säger brukar finnas en vidd, en abstrakt och förenande mening. Att meningen är abstrakt gör att man kan tolka den hur man vill. Man kan välja det som verkar vara negativt för ens självkänsla. Dock är det aldrig mitt syfte att nedvärdera någon. Skulle man tolka det positivt, skulle man kunna glädjas istället. Här gäller att göra det rätta valet. Man är fri att välja.

Ta Marje som ett exempel. Hon är musikalisk. Hon spelar piano så bra att det är rena rama nöjet att lyssna till hennes klassiska ackord. Jag har gett henne beröm många gånger. Men så råkar hennes sång ljuda illa. Första gången jag upptäckte det, sa jag ingenting alls. Inte vid nästa tillfälle heller. Men efter den tredje gången, då vi musicerade hemma hos mig tills det knackade på dörren. Min granne klagade på de falska höga tonerna och då förstod jag att Marje måste ha hjälp. Det tilldrog sig under Julnatten. Nästa morgon sa grannen till mig att hade det sjungits mera melodiskt hade han kunnat njuta istället för att bli störd i julfirandet.

Efteråt sa jag till Marje att hon borde skaffa sig en sånglärare. Jag har sånglärare. Jag vet att man förbättrar sina färdigheter genom att träna rösten och sättet att andas. Om man är såpass musikalisk som Marje skulle det inte vara så svårt att lära sig att hantera sin stämma. Men när jag föreslog att hon skulle gå hos min sångpedagog, blev hon sur. Det tog lång tid innan hon ringde mig, och hon besvarade inte mina samtal. Jag hade sårat henne. Men tänk själv: om jag är hennes vän och vill hennes bästa, och om jag är säker på att hennes sångröst skulle kunna förbättras via egen ansträngning... Ska jag inte tala om det för henne? Ska jag låta henne skämma ut sig under återstoden av livet? Om inte andra vågar säga det till henne, så får väl jag offra mig då!

Jag vill verkligen visa hänsyn. Men jag kanske brukar ha för många bollar i luften? Jag kämpar och försöker ta hänsyn till så många bollar som möjligt. Men jag är bara människa, jag kan inte ens se alla bollar förrän de flyger rakt i huvudet på mig. Inte alla människor vill låta andra se deras 'bollar'. De döljer och låtsas. Och hur ska man någonsin kunna ta hänsyn till en boll som man inte kan se? Dock finns både skrivna och oskrivna regler för vad man får och inte får säga till en annan människa. Men dessa regler har jag svårt för, därför att alla människor är olika. Det man kan säga till den ena, kan man inte säga till den andra. Det som den ena uppfattar som ett skämt, uppfattas av den andra som en förolämpning. Medan man står där och velar och tänker på 'att säga eller inte säga', förlorar man lusten att skämta. Därför måste jag räkna med att mina skämt, snabba anmärkningar eller reflektioner i vissa fall kan missuppfattas av mottagaren. I ett sådant fall får jag lov att be om ursäkt och upplysa om min goda intention. Men någon vis man hade sagt att 'med goda föresatser stenläggs vägen till helvetet'.

Det finns inget ont som inte för med sig något gott! Visst tänker jag på Adam, för att hans energier dröjer sig kvar i mitt jordanska rum. Jag funderar på varför det alltid blir jag som sårar honom. Han sårar inte mig, han går med på alla mina krav eller begär. Det kan bero på att Adam är mycket försiktig
206

och försynt. Det kan också bero på att jag inte berör honom på djupet. Inte heller frågar jag efter något avgörande. Han däremot förväntar sig av mig de allvarliga avgörande beslut.

Exempelvis begär han avkall på min frihet, min integritet, mina ingrodda vanor. Till exempel detta med att vi skulle gifta oss. Jag vill inte vara gift. Eller att han ska flytta in hos mig i Stockholm. Jag vill inte bo ihop med en man som stänker ner badrummet, eller som hänger sina kläder på mina möbler, eller som lyfter upp toasitsen utan att lägga den tillrätta. Om jag nödvändigtvis måste ha en man, vill jag att han ska bo separat och att vi ska kunna hälsa på varandra när det passar oss båda. Att jag kan besöka honom ifall jag kommer att trivas i hans atmosfär, och vise versa.

Jag vill att den mannen ska respektera min frihet och frispråkighet, att han ska beakta min hemmaordning och mina vanor. Och jag kommer att respektera hans vanor och hans ordning. Jag vill inte uppfostra en enda man till. En som jag sedan sticker ifrån. Men jag är långt ifrån att vara desperat. Tvärtom, just nu trivs jag med mitt fria leverne. I detta nu är Adam inte den mannen som kan binda mig. Han kanske kan bli. Att vi passar i sängen talar för detta. Men vägen dit kan bli lång, i så fall.

Under tiden har jag fullt upp och min väntan är allt annat än tråkig. Visserligen kan jag föreställa mig Adam hemma hos mig. Han skulle fortsätta studera och skriva på sin doktorsavhandling i mikroekonomi. Visst kan det gå. Ännu bättre om han skulle tillbringa sina dagar sittandes på bibliotek eller i universitetslokaler. Men efter att ha sett Adam för andra gången, förstår jag att han måste ha sina märkeskläder. Vem ska förse honom med dessa under tiden han jobbar för att erhålla det eftersträvade Nobelpriset? Det blir väl jag då. Och detta, att stå vid spisen för att laga orientaliska måltider och springa benen av mig för att skaffa en tillfredsställande klädsel åt en man, hör numera inte till min vardag. Om jag hade varit yngre, kanske. Men inte nu längre.

Alla människor har egna sätt att hantera problem. Numera döper jag om alla problem till utmaningar. Problem kan ibland synes vara olösliga. Däremot om man kallar ett problem för en utmaning känns det som om det bör finnas en lösning och ett sätt att ta itu med utmaningen. Det går ut på att i samtliga lägen göra sitt bästa. Inte mer än så. Det verkar inte omöjligt. Att göra sitt bästa innebär att man gör så gott man kan och det borde räcka. Då kan det finnas ett hopp om att tackla problemet.

Adam försåg mig med en hel rad olika utmaningar. Större utmaningar gjorde jag upp med det samma. Till exempel som svar på att han tänkte flytta ihop med mig. De mindre utmaningarna var många fler och dem hade jag svårt för. Exempelvis då Adam i tid och otid ringde till den svenska mobilen när jag befann mig i ett annat land. Innan jag reste skickade jag alltid ett mail till Adam där jag bad honom att vänta med samtalen tills jag återvänder hem. Jag förklarade att det var kostsamt att överföra samtalen från Sverige till utlandet. Jag sa att det stressade mig i onödan. Men det hjälpte föga. Han ringde ändå vid de mest olämpliga tillfällen och klockslagen för att fråga var jag var och hur jag mådde. På detta svarade jag att jag skulle må mycket bättre bara han lät bli att ringa. Och liknande.

Sist i raden av sådana utmaningar var den röda Benetton-tröjan till Adams syster. Han bedömde tröjan att vara olämplig på grund av tröjans urringning och lämnade kvar den på hotellrummet. Vid ett senare tillfälle sa Adam att han tänkte på saken och kom fram till att systern ändå kunde ha tröjan om hon skulle bära under den en annan långärmad blus med hög halskrage. Genast såg jag lite ljusare på saken.

Dagen efter, när Adam lämnade rummet för sista gången, hittade jag tröjan slängd under sängen. Jag blev osäker om det var meningen eller om han hade glömt den. Innan jag åkte till flygplatsen lämnade jag tröjan i hotellreceptionen. Samtidigt sände jag ett sms till Adam att tröjan fanns där i väntan på att bli hämtad. Jag sa till den kvinnliga receptionisten att hon kunde ta tröjan, ifall den inte blev hämtad inom loppet av en vecka. Jag skulle gissa att i detta nu lyser receptionisten som ett rött trafikljus bakom Mövenpicks receptionsdisk.

Och för att avrunda saken i fråga om utmaningar måste jag erkänna att de utmaningar som jag inte klarar av, lämnar jag bokstavligen hängande i luften. Dessa får vädras ut där och lufttorka under tiden jag samlar krafter till ett nytt försök att hantera dem. Jag har flertal sådana utmaningar som hänger på tork. Att ingen kan se dem förutom mig själv är en konst för sig. Under åren har jag blivit skicklig på att leva i luftdraget omringad av varierande utmaningar. Jag ägnar dem inte en tanke förrän det blir aktuellt. Utmaningarna står på tur, jag kan hantera dem en i taget. Man bör göra en sak i sänder, annars blir det pannkaka av alltihop. Nu sitter jag fortfarande på hotellets balkong och dricker te ur en stor härlig mugg.

Jag tittar upp mot en klarblå himmel. Jag hör ljud av flygplansmotorer. Ljudet närmar sig. Strax ser jag en klunga av mindre flygplan. Jag räknar dem till fem. De näpna röda flygmaskiner gör eleganta luftburna piruetter. Först bildar de en femuddig stjärna, sedan börjar de 'dansa' i par. Ena paret framför, det andra bakom med ett flygplan i mitten. Sedan sprider de sig åt alla fyra väderstreck, den mellersta maskinen undantagandes. Därefter träffas de åter i himlens mitt och kretsar runt det mellersta planet i centrum. Föreställningen är stilfull och inspirerande. På sätt och vis verkar den även majestätisk!

Det för mina tankar på Jordaniens kung. Han är ju en dedicerad pilot, har jag hört. Så fort jag tänker på det, hörs det från balkongen ovanför en röst som uttalar kungens namn, Abdoullah. Då får jag en bekräftelse på att det kan vara det luftburna kungliga gardet eller kanske även självaste kungen.

Senare på dagen när jag sitter i taxin på väg till flygplatsen frågar jag föraren om han hade hört någonting om dagens flyguppvisning. Han bekräftar att det var kungens män som flög ovanför Mövenpick.

Han berättar att varje lördag ordnar kung Abdoullah sådana uppvisningar för att hedra och glädja sitt folk. Chauffören säger att kungen nuförtiden, av säkerhetsskäl, inte får tillåtelse att flyga själv. Jag undrar om det, för jag tror att den kungen är det ruter i! Skulle han bestämma sig för att flyga, skulle han göra det.

Föraren tillägger att just idag är det faktiskt kungens egen födelsedag! Jag blir mycket glad att jag får vara i landet vid tiden då den för mig sympatiske kungen fyller år. Och dessutom, på tal om sammanträffanden: Vid tiden jag skriver dessa avslutande rader firar vi Valborgsmässoafton här i Sverige. Just den dagen sammanfaller med vår svenske kung Carl XVI Gustavs födelsedag!

Epilog

Epilog

Nu sitter jag på en parkbänk och blickar över Svarta havet. Det är inte svart till färgen förstås, utan blågrönt. Bänken står på en höjd så att jag ser en liten fin hamn till vänster om mig och en lång sandstrand till höger. Strandremsan svänger i båge vars den från mig mest avlägsna ändan pekar mot det öppna havet. Dit ska jag strax vandra. Där finns höga sanddyner. Solen skiner. Måsarna flyger lågt fram och tillbaka över mitt huvud. De skrattar ljudligt. Vad skrattar de åt? Mig?

Svarta havet rullar sina vågor här nedanför, från och till. Det sägs att alla jordens hav på något sätt är förbundna med varandra. Vågorna för med sig minnen från ett annat hav, det Röda Havet.

Jag förflyttas tillbaka i tiden och tänker på Adam. Hur, varför och när tog det egentligen slut?

Det är möjligt att den första förkänningen kom till oss i samband med att jag tvärt vägrade ta med mig den ojämna fenan till Stockholm. Nu minns jag att Adam först blev snopen, därefter tankfull och sluten. Men vi höll kontakten, mejlade till varandra och hördes regelbundet per telefon.

Till att börja med diskuterade vi om han skulle komma och hälsa på. Sedan skrev han att om han skulle komma till Sverige skulle han vilja stanna för gott. Jag kände efter och kom fram till att från min sida sett var det ingen vettig idé. Jag föreställde mig den store Adam i min lilla mysiga våning. Adams kläder hängande på stolsryggar, stänk på mitt badrumsgolv och hans ständiga rökning - min lägenhet saknar balkong. Och dessutom hans höga ambitioner: att forska och doktorera för att slutligen erhålla Nobelpriset i mikroekonomi ...

Nej, jag hade egna ambitioner och ingen lust att tjänstgöra som Adams trampolin.

En dag meddelade jag honom att han fick besöka mig som gäst, ett par veckor åt gången. Inte annars. Det tyckte han var ett alltför stort besvär för så kort tid tillsammans. Okej, sade jag, som du vill.

Men egentligen tog det slut kort efter det telefonsamtal där han frågade varför jag känns så distanserad. Mitt svar blev att jag har skrivit en bok där vi båda finns med. Och skulle han kunna läsa den boken skulle han förstå varför.

Efteråt blev det helt tyst i luren. Adam tog tid på sig att processa den oväntade informationen. Sedan undrade han vad exakt jag hade skrivit om oss. Jag svarade att jag skrev precis som det var. Han andades häftigt men sa ingenting och vi fortsatte prata om annat.

Ett par dagar senare upptäckte jag ett oöppnat mejl i dators inkorg. Det var från Adam. Jag placerade pekaren på det för att öppna, då en glödande röd ruta med en svart rykande bomb och en varningstext dök upp mitt på skärmen. Texten varnade mig om att skulle jag klicka på mejlet skulle samtlig information från det aktuella dators hårddisk raderas.

Förmodligen oåterkalleligt.

Två månader efter mitt första besök i Jordanien hade jag skickat en splitter ny blå Acer till Adam. Nu sved det: jag ger

214

honom i present en PC och han 'tackar' mig genom att förinta min egen. Högst upprörande. Och jag raderade Adams mejl utan att öppna. Den enda förklaringen till hans handling torde vara att han bestämt sig för att radera ut min bok innan den kom ut i tryck. Detta inklusive ett flertal andra av mig skrivna böcker, tusentals bilder, diverse dokument och program... Helt enkelt allt som fanns på hårddisken.

Min dator återspeglar mitt liv - Adam ville radera ut det! Det var mig en vågad och brutal handling för att komma från min försynte och poetiske Adam. Jag tackade min dragning till Apple datorer. Skulle jag ha haft PC skulle allt mitt jobb från de senaste åren vara bortom all räddning.

Ja, det blev ett slag under bältet.
Ja, då tog det verkligen slut mellan mig och Adam.

I sina skrifter menar Emanuel Swedenborg att en äkta evig förening mellan man och kvinna bör vila på kvinnans kärlek till mannens visdom samt på mannens vishet om denna kärlek, som i sin tur föder kärleken till kvinnan inom honom. Jag beundrade Adams visdom till en gräns, där hans för mig helt och hållet främmande kultur tog överhand. Vår förening var tillfällig - kulturernas möte i närbild... Vi har lärt oss av varandra och om varandra. Det kan väl inte vara så fel, eller hur?

Jorden är stor, vacker och den tillhör oss alla.
Ute i det fria innefattar jordens skönhet, personlig frihet, kärlek och förening med allt det levande. *Bakom lyckta dörrar* försiggår all slags kommunikation individer emellan. Människor är olika genom sin beskaffenhet, ålder och kultur. Människan på jorden är liten, dock kan hennes gärningar bli stora, nyttiga och vackra. Men inget kan bestå för evigt vad människor anbelangar. Eller?

Innehåll

CSI

Första utgåvan: 2017
Förläggare: Editions TPW Stockholm
Redigering/korrektur: Evy Peters
Omslagsbild: Tanja Pérskaja
Tryck: BoD Tyskland

ISBN 978 91 970416 90